WER WIRD
EINMALIGE CHANCE
TOOOR-schützen KÖNIG?
GROßES-Fußballcasting
UNBEDINGT MITMACHEN

Margit Auer

Die Schule der magischen Tiere
Hin und weg!

Mit Bildern von

Nina Dulleck

Band 1 Die Schule der magischen Tiere
Band 2 Voller Löcher!
Band 3 Licht aus!
Band 4 Abgefahren!
Band 5 Top oder Flop!
Band 6 Nass und nasser!
Band 7 Wo ist Mr. M?
Band 8 Voll verknallt!
Band 9 Versteinert!
Band 10 Hin und weg!
Band 11 Wilder, wilder Wald!
Band 12 Voll das Chaos!
Band 13 Bravo, bravissimo!
Sonderband: Eingeschneit!

Band 1 Rabbat und Ida
Band 2 Silas und Rick
Band 3 Henry und Leander
Band 4 Helene und Karajan
Band 5 Benni und Henrietta
Band 6 Hatice und Mette-Maja
Band 7 Max und Muriel

Weitere Abenteuer sind in Vorbereitung!

Margit Auer

Die Schule der magischen Tiere

Hin und weg!

Mit Bildern von Nina Dulleck

CARLSEN

Auf ins Abenteuer!

Die Wintersteinschule

Eine ganz normale Schule. Ganz normal? Fast. Gäbe es da nicht ein Geheimnis …

Miss Cornfield

Lehrerin an der Wintersteinschule. Manchmal ein bisschen streng, aber sie meint es gut mit ihren Schülern. Und sie weiß ganz genau, wer von ihnen Hilfe braucht …

Mister Mortimer Morrison

Inhaber der magischen Zoohandlung. Dort gibt es magische sprechende Tiere. Er selbst hat auch eins: die freche Elster **Pinkie**.

Mr. Morrisons Omnibus

Damit fährt er um die ganze Welt und sammelt magische Tiere ein.

Ashanti, die Schwarze Mamba, und Leonardo, das Streifenhörnchen

Zwei der vielen, vielen sprechenden Tiere in der magischen Zoohandlung. Sie alle wünschen sich nichts mehr, als den Menschen zu finden, der perfekt zu ihnen passt …

Glückspilze!

Ida und Benni waren die Ersten, die magische Tiere bekommen haben:

Ida und der Fuchs Rabbat

Schwer zu sagen, wer von den beiden schlauer ist. Ida würde wohl sagen, sie selbst, denn Ida weiß immer alles besser …

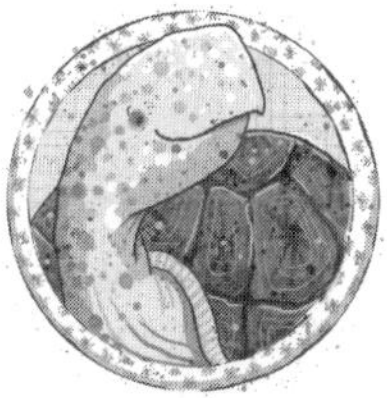

Benni und die Schildkröte Henrietta

Die unternehmungslustige Henrietta liebt nächtliche Abenteuer. Und Benni? Der ist dabei!

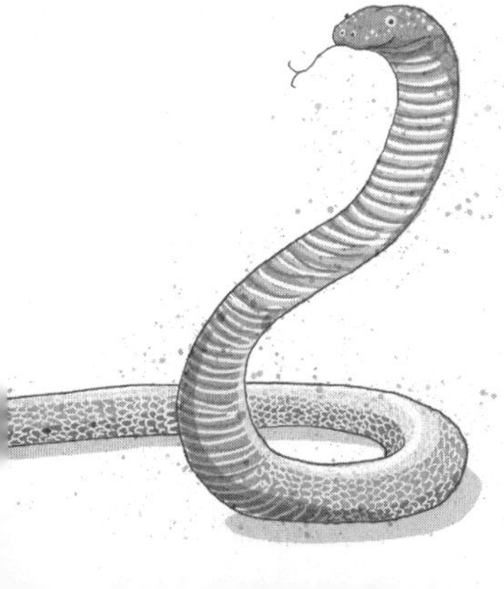

Und das war erst der Anfang. Mittlerweile tummelt sich ein kleiner Zoo im Klassenzimmer von Miss Cornfield ...

Auch diese siebzehn Kinder haben beste Freunde auf immer und ewig gefunden:

Jo und der Pinguin Juri

Jo finden alle Mädchen ziemlich süß. Wenn Jo morgens im Bad ist, kann das eine Weile dauern. Noch länger braucht nur Juri, wenn er im Schulteich badet …

Schoki und Pinselohrschwein Peperoni

sind ein Herz und eine Seele. Vor allem, wenn es um Schokolade geht …

Anna-Lena und Chamäleon Caspar

Mit Caspar an ihrer Seite wird die schüchterne Anna-Lena zur Verwandlungskünstlerin …

Eddie und die Fledermaus Eugenia

Die magische Fledermaus mit dem charmanten Sprachfehler kümmert sich gut um den Tollpatsch Eddie. Jetzt stolpert er nur noch ganz selten über seine eigenen Füße …

Helene und der Kater Karajan

Die Klassenzicke und der adelige Kater aus Paris – da fliegen die Fetzen! Und wenn sie lange genug die Krallen gezeigt haben, schnurren sie wieder friedlich wie zwei kleine Kätzchen …

Silas und das Krokodil Rick

Silas reißt seine Klappe oft viel zu weit auf. Genau wie Rick. Zwei Freunde mit Biss!

Finja und das Koalamädchen Sydney

Seit die zarte Finja einen Koala zum Kuscheln hat, fühlt sie sich nicht mehr einsam. Und duftet herrlich nach Hustenbonbons …

Yannik und der Schimpanse Tingo

Yannik fällt es schwer, im Unterricht auf dem Stuhl sitzen zu bleiben. Aber mit Tingo an seiner Seite kriegt er es schon irgendwie hin – Superkleber!

Franka und die Ratte Cooper

Franka ist sooo cool! Zu cool für Schule, zu cool für Freunde, zu cool für Spaß – nur für eine nicht: die übercoole Ratte Cooper!

Max und die Eule Muriel

Max wird auch „der Professor“ genannt, denn der Klassenprimus weiß einfach alles. Fast alles. Den Rest weiß Muriel.

Hatice und die Robbe Mette-Maja

Mit Hilfe der putzigen Mette-Maja wird die wasserscheue Hatice noch zur echten Wasserratte, äh – Wasserrobbe!

Henry und der Leopard Leander

Henry lebt in einer riesigen Villa mit riesigem Pool und riesig viel Taschengeld – doch sein magischer Leopard ist unbezahlbar!

Ronja und der Streunerhund Toffi

Am liebsten würden die beiden den ganzen Tag nur herumstreunen – und sich am Abend zu Hause zusammenkuscheln …

Lothar und das Känguru William

Lothar ist der Kleinste in der Klasse – aber mit dem sportlichen William macht er die allergrößten Sprünge!

Zack und das Stachelschwein Zeki

Zack kann ganz schön kratzbürstig sein – aber genau wie sein kleines Stachelschwein hat er ein butterweiches Herz …

Luna und der Falke Salim

Liebe auf den ersten Blick: Mit dem stolzen Falken Salim schwebt die romantische Luna immer auf Wolke sieben!

Katinka und der Flamingo Polly

In jedem Kind steckt ein Held – seit Katinka die aufgeweckte Flamingodame Polly hat, weiß sie das ganz genau!

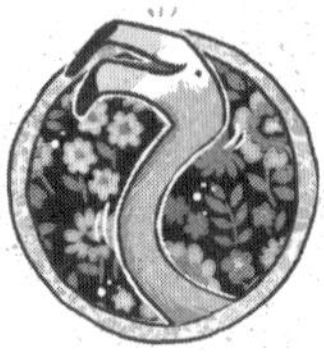

Viele Tiere, viele Kinder ...

Wer wird wohl der Nächste sein?

Inhaltsverzeichnis

Postkarte, aufgegeben in Pucón, Chile, Südamerika

Hallo Mary,
bin gerade in Chile unterwegs, hier wimmelt es nur so von magischen Tieren. Caramba!!! Der Omnibus läuft tadellos, musste noch kein einziges Mal in die Werkstatt. Morgen gehe ich mit Pinkie segeln! Und übermorgen wandern!
Ist in der magischen Zoohandlung alles in Ordnung?
Vergiss nicht, mit Murphy durch den Stadtpark zu joggen! Er braucht Bewegung, sonst wird er stinkig.
Krafttraining wäre auch nicht schlecht.
Rückreise ist gebucht, bis zu meinem Geburtstag werde ich zu Hause sein. Du kommst dann wie immer zum Frühstück zu mir, ja?

Viele Grüße und bis bald
Mortimer

„Wir hätten schon längst mal nach Südamerika fahren sollen!“ Pinkie streckte ihren schwarz gefiederten Kopf aus dem Seitenfenster. „Es ist herrlich hier!“ Wenn sie nach vorne guckte, sah sie schneebedeckte Vulkane. Wenn sie den Kopf nach hinten drehte, musste sie blinzeln. Ein See glitzerte, als würden tausend Diamanten darin schwimmen. Mortimer Morrison kurbelte den roten Omnibus beschwingt die Bergstraße hinauf.

„Und noch eine Kurve und noch eine!“, trällerte die Elster und zog den Kopf auf einmal zurück. „Achtung, Gegenverkehr!“

Nun kam Mr. Morrison doch ins Schwitzen. Ein Lastwagen, bepackt mit riesigen Baumstämmen, donnerte dicht an ihm vorbei. Fast wäre der Omnibus der magischen Zoohandlung in den Abgrund gestürzt! Pinkie zupfte mit dem Schnabel ein Stofftaschentuch aus Mortimers Manteltasche und wischte dem Fahrer damit über die Stirn. „Weiter, Boss! Caramba!“

Caramba, das hieß so viel wie „Donnerwetter!“. Dieses Wort hatte Pinkie von dem neuen magischen Tier gelernt, das auf der Rückbank saß und munter mit der Nase wackelte. Die junge Dame sah sich gerade ungläubig auf

der Rückbank um. „Nicht zu fassen, wie viele magische Tiere es hier in Chile gibt!“, piepste sie.
Ein Gürteltier schnarchte auf dem Ledersitz. Ein Schmuckhornfrosch klappte seine Glubschaugen auf und zu. In einer Reisetasche brütete ein Blässhuhn, irgendwo zwischen Socken und Unterhosen versteckte sich ein Skorpion. Sie alle waren magische Tiere und konnten miteinander sprechen. Und mit Mortimer Morrison.
„Caramba!“, zwitscherte Pinkie, klappte die Flügel auseinander und flog eine Runde durch den Innenraum des Busses. „Und ich verspreche dir, zu Hause in der magischen Zoohandlung warten noch viel mehr magische Tiere auf uns!“
„Alles klar bei euch?“, rief Mr. Morrison und drehte den Kopf nach hinten. „Lust auf ein kleines Liedchen?“ Er begann zu trällern: *„Wenn in Capri die rote Sonne im Meer versinkt …“*
Pinkie hob tadelnd einen Flügel. „Falsches Land, Boss! Wir sind in Chile, nicht in Italien! Wenn du so nett wärst und dich auf den Verkehr konzentrieren würdest?“
Ein Lastwagenfahrer fuhr hupend vorbei, Mortimer grüßte ihn freundlich.
Die Elster schaute wieder nach hinten. „Ja, zu Hause warten Freunde aus aller Welt“, sprach sie weiter.

„Ein Streifenhörnchen, der dumme Biber, zwölf Erdmännchen. Und Murphy, der dicke Eisbär!"

Die schwarzen Knopfaugen der neuen Mitfahrerin begannen zu glänzen. „Echt? Ein Eisbär?"

Die Tiere fingen an, wild durcheinanderzuquasseln. Sie hatten eine Menge Fragen!

„Zu Hause, wo ist das?"

„Werden wir alle zusammen in einem Haus wohnen?"

„Was sagen die Menschen, wenn sie ein Gürteltier auf der Straße sehen?"

„Gibt es noch andere Menschen außer Mr. Morrison, die unsere Sprache verstehen können?"

„Müssen wir Verkehrsregeln lernen?"

„Und tatsächlich eine Schule besuchen? Ich wette, du hast uns angeflunkert!"

Pinkie flatterte stolz zwischen den Sitzen hin und her. „Die magische Zoohandlung ist ein wunderbarer Ort! Versprochen!" Sie segelte zu Mortimer und ließ sich auf seiner Hutkrempe nieder. „Und wer ganz großes Glück hat, darf in die Schule gehen! Und zwar in die coolste Schule der Welt: Die Schule der magischen Tiere!"

Die Tiere lauschten mit angehaltenem Atem.

„Caramba!", seufzte eines von ihnen, schloss die Augen und begann zu träumen …

1. Kapitel

Marmelade im Schuh!

Doing! Doing! Doing! Es war Samstagnachmittag. Über dem Veilchenweg brauten sich dunkle Wolken zusammen, bestimmt würde es bald ein Gewitter geben.

Anthony war das egal. Er spielte auf der Straße vor Miss Cornfields Haus Fußball.

Wenn Anthony Fußball spielte, dann sah er nichts um sich herum.

Er sah weder seine Klassenkameraden, die in Miss Cornfields Garten strömten. Er sah auch nicht den schwarzen Kater, der auf der Gartenmauer saß und darauf wartete, dass sich Helene von ihrer Mutter verabschiedete. Frau Mays Geländewagen stand mit laufendem Motor mitten auf der Straße.

Und schon gar nicht sah Anthony den Gartenzwerg mit roter Mütze, der am Ende der Garagenauffahrt stand und so tat, als würde er das Pflaster gießen.

Doing! Mit voller Wucht donnerte Anthony den Ball gegen das Garagentor des Nachbargrundstücks. Es gab einen grässlichen Lärm.

„Aufhören!", wimmerte der Kater, der Karajan hieß. Er presste die Pfoten auf die Ohren: „Mein Trömmelföll platzt!"

Leander, Henrys Leopard, stolzierte vorbei. „Na, dann komm doch mit in den Garten!"

Karajan drehte genervt den Kopf zur Seite. Von Leander ließ er sich gar nichts sagen! Was machte Helene denn so lange? Musste sie mit ihrer Mutter noch Shopping-Tipps austauschen?

Die ganze Klasse traf sich heute im Garten ihrer Klassenlehrerin.
Warum?
Sie wollten ein Geburtstagsfest vorbereiten.
Für wen?
Für Mortimer Morrison, den Inhaber der magischen Zoohandlung, dem sie so viel zu verdanken hatten. Die Kinder und die magischen Tiere mochten ihn alle sehr. Ohne Mr. Morrison wäre ihr Leben ganz anders verlaufen: Die Kinder hätten keine magischen Freunde, die magischen Tiere hätten keine menschlichen Gefährten. Und es gäbe keine fantastischen Abenteuer …
Mr. Morrison hatte eine ganz besondere Gabe: Mit seinem Omnibus fuhr er um die Welt, um magische Tiere einzusammeln. Er konnte mit ihnen sprechen! Die Tiere nahm er mit in die magische Zoohandlung. Murphy, der Eisbär, wohnte dort. Ashanti, die Schlange. Die zwölf Erdmännchen, die Vogelspinne Agent Y und viele andere magische Tiere. Einige fanden ein neues Zuhause bei einem Kind aus Miss

Cornfields Klasse. Magische Tiere verstanden die Menschensprache. Sie konnten sich miteinander unterhalten, mit Mr. Morrison – und mit ihren menschlichen Gefährten.

Fledermaus Eugenia zwitscherte: „Ohne Mortimer wäre ich niemalserich bei Eddie! Dann wäre ich nocherich in meiner Burgruine und würde den ganzen Tagerich weinen! Weil mirerich mein Eddie soerich fehlt!“

Eddie streichelte die kleine Fledermaus, die aus seinem Pulloverärmel linste. Sie waren auf dem Weg zur Gartenlaube, wo Miss Cornfield wartete.

Hinter ihnen watschelte Pinguin Juri. „Und ich …“, rief er Eugenia zu, „… würde in der Antarktis vor mich hin frieren – ohne Jo! Mag gar nicht dran denken …“

Jo nestelte an dem Schal, der um Juris Hals geschlungen war, und drückte seinem Pinguin einen Kuss auf den Kopf.

„Ich würde noch immer in meiner dunklen Höhle in Norwegen sitzen“, schnurrte Rabbat, der Fuchs, der

zu Ida gehörte. „Und wüsste nicht, wie herrlich es ist, Freunde zu haben.“ Stolz blickte er zu Ida. Deren Backen glühten vor Glück. Wie schön war es doch, ein magisches Tier zu besitzen! Rabbat war immer für sie da. Sie konnte ihm alles erzählen, er kannte all ihre Geheimnisse. Rabbat wusste sogar, dass sie ein klitzekleines bisschen in Jo verknallt war.
Die Feier für Mortimer Morrison sollte nächsten Samstag stattfinden, es sollte eine Überraschungsparty werden. Nur Pinkie, die Elster, war eingeweiht.
Die Sonne brach zwischen den Wolken hervor und tauchte den Garagenvorplatz in ein warmes Licht. Die Mütze des Gartenzwergs leuchtete rot wie ein Fliegenpilz.

Anthony nahm Anlauf. *Klirr!*
Auweia! Der Gartenzwerg stand plötzlich ohne Mütze da.
Anthony stoppte kurz und hielt die Luft an. Doch nirgendwo ging ein Fenster auf. Miss Cornfields Nachbar war anscheinend nicht zu Hause. Glück gehabt!
Schon spielte er weiter.
In der Gartenlaube war die Lehrerin Miss Cornfield gerade dabei, Apfelsaft in Gläser zu füllen. „Hallo zusammen!“ Mit einem Lächeln begrüßte sie die Mädchen und Jungen, die sich um sie drängten. „Bedient euch! Und dann legen wir am besten gleich los, es sieht nämlich nach Regen aus.“

Die Klasse wollte sich Spiele ausdenken und den Garten schmücken. Die Kisten voller Bastelmaterial standen schon bereit.
„Lasst uns Girlanden basteln!“, schlug Anna-Lena vor. Caspar, ihr Chamäleon,

nickte eifrig. Es saß auf Anna-Lenas Arm und hatte das gleiche Blümchenmuster wie Anna-Lenas Pulli.

„*Schubi-du!*“, flötete Zeki, Zacks Stachelschwein. „Zu jeder Party gehört Musik! Rock ’n’ Roll für alle!“

Zack packte seine Gitarre aus, schlug ein paar Akkorde an und begann zu singen: „*Happy birthday to you! Marmelade im Schuh!*“

Schoki und Benni fielen sofort mit ein. Quatschlieder mochten sie sehr!

„*Aprikose in der Hose und ein Tänzchen dazu!*“

„*Schubi-du! Schubi-da-di-du!*“ Zekis Stimme überschlug sich vor Begeisterung.

„Au ja, eine Dschungelparty!“, rief Tingo, der Schimpanse – und sprang vor lauter Übermut auf Leanders Rücken. „Hüh, mein Pferdchen! Ab ins Gebüsch!“

„Heee!“, knurrte der Leopard empört, als auch schon Fledermaus Eugenia herbeiflog und sich kichernd auf Tingos Kopf niederließ.

„Nicht übel, gar nicht übel!“, gluckste die Schildkröte Henrietta. „Gut seht ihr aus!“

Und auf einmal hatte Muriel, Max' Eule, eine glänzende Idee. „Lasst uns eine Pyramide bauen! Hoch in den Himmel!"
„Au ja!" William, Lothars Känguru, hüpfte vor Freude in die Luft. „Find ich super! Wir führen Mr. Morrison ein Kunststück vor!"
„Wie bei den Bremer Stadtmusikanten!", jubelte Schokis Pinselohrschwein Peperoni. Miss Cornfield hatte ihnen das Märchen vor Kurzem vorgelesen.
Kater Karajan grinste und krallte sich in Toffis Hundefell fest. „Autsch", bellte Toffi.
„Zum Glück gibt es hier keinen Hahn", murmelte Karajan, als auch schon Ratte Cooper auf seinen Kopf kletterte und quiekte: „Aber eine Ratte!" Sie reckte beide Arme nach oben. „Cool, Baby!"
Sydney, das Koalamädchen, nahm Juri auf die Schulter, schwankend liefen sie durch den Garten. Krokodil Rick jagte hinter ihnen her.
„Das sieht toll aus!", lachte Finja. „Das wäre ein super Geburtstagsgeschenk für Mr. Morrison! Aber meint ihr denn, ihr kriegt das hin?"

„Jaaaa!“, lautete die fröhliche Antwort.
Die magischen Tiere probten unermüdlich. Ständig purzelte jemand zur Seite oder fiel herunter.
„Du bist zu schwer, Peperoni“, stöhnte die Robbe Mette-Maja, als das Pinselohrschwein auf sie kletterte.
„Das kitzelt!“, kicherte Krokodil Rick, als das Flamingomädchen Polly über seinen Panzer lief.
„Hupsi-pupsi“, japste Caspar, als er von Juris Kopf purzelte. Es war so lustig! Sie wussten noch nicht, welche Reihenfolge die beste war, in einem Punkt aber waren sich alle einig: An der Spitze sollte Salim sitzen, Lunas Wanderfalke, wie ein Rauschgoldengel auf dem Weihnachtsbaum. Salim platzte fast vor Stolz über seine wichtige Rolle.
24 Kinder waren in Miss Cornfields Klasse, inzwischen hatten schon 19 von ihnen ein magisches Tier bekommen.
Die drei Mädchen, die noch keines hatten, verfolgten das Durcheinander mit sehnsüchtigen Blicken.
„Wann bekomme ich bloß mein Pony?“, seufzte Leonie.

„Ein Wolf wäre toll“, murmelte Sibel.
„Hat Mr. Morrison auch Hühner in seiner magischen Zoohandlung?“, überlegte Elisa.
Während die drei Mädchen ständig darüber sprachen, welches Tier sie gern haben würden, machten sich die beiden Jungen wenig Gedanken.
Matteo saß am liebsten vor seinem Computer. Ein Tier würde ihn dabei nur stören.
Und Anthony? Der wollte Fußballstar werden!
Gab es irgendein Tier, das Fußball spielte? Nein!
Damit stand auch für Anthony fest: Ein magisches Tier war Quatsch. So etwas brauchte er nicht.

2. Kapitel

„Cool, Baby!“

Anthony hatte ein Ziel. Den Aufkleber am Garagentor:

Vorsicht!

Tor öffnet automatisch!

Er biss die Zähne zusammen.

Wotsch!

Der Schuss ging daneben.

Wotsch!

Wieder daneben.

Wotsch!

Es dauerte genau elf Versuche, bis er endlich getroffen hatte. Puh. Für heute hatte er genug trainiert. Anthony setzte dem Zwerg die Mütze wieder auf, trat einen Schritt zurück und nickte zufrieden. Man sah – fast nichts!

Mit dem Ball unterm Arm marschierte Anthony in den Garten, wo seine Klassenkameraden beisammenstanden. Es ging noch immer um die Party am nächsten Samstag.

„Henrietta und ich bringen Butterkuchen mit", sagte Benni gerade.

„Ich möchte ein Gedicht aufsagen!", rief Anna-Lena.

„Bitte nichts von der ollen Tröte!", protestierte die Schildkröte Henrietta. Benni lachte. Damit meinte sie den Dichter Johann Wolfgang von Goethe.

„Lieber das vom Gemüse!", rief die Schildkröte. *„Die Gurke ist grün. Sie schlängelt sich kühn auf einen Wagen, fährt nach Kopenhagen …"*

„Lasst uns Würstchenschnappen spielen!“, schlug Ronja vor.
Toffi, der Hund, kläffte zustimmend. „Find ich spitze!“
„Wie wär’s mit Seilziehen?“, überlegte Silas.
Auf einmal boxte jemand Anthony den Fußball aus dem Arm. „Na, Alter?“, rief Jo und kickte auf dem Knie. „Wie läuft das Training?“
Anthony wurde rot. Hatte Jo gesehen, wie oft er danebengeballert hatte? Jo legte sich den Ball zurecht, holte aus – und traf mühelos die bunte Papierlaterne, die Finja gerade eben probehalber in den Baum gehängt hatte.
„Sag mal, geht’s noch?“, beschwerte sich Finja.
„Idiot!“, schimpfte Anna-Lena.
„Nicht schlecht“, fand Yannik.
Die Laterne schaukelte lässig hin und her, hatte jetzt aber eine Delle.
Miss Cornfield blickte sorgenvoll zum Himmel. „Es ist wohl besser, wenn wir für heute Schluss machen! Ich hoffe, dass ihr vor dem großen Regen nach Hause kommt.“

Die Wolken wurden dichter und dunkler. Schnell räumten sie auf, dann begleitete Miss Cornfield die Kinder zum Gartentürchen. „Danke für alles!“, lobte sie. „Es hat Spaß gemacht mit euch. Und am Montag geht es ja dann mit den Referaten los: *Berühmte Personen, ihr Leben und Wirken* – ich freu mich drauf!“ Sie drehte sich um und marschierte ins Haus.
Die ersten Tropfen fielen vom Himmel.

„Blöde Referate!“, schimpfte Silas und stieß mit dem Fuß gegen den silbernen Roller, der am Zaun lehnte.
„Lass Ronjas Flitzer in Ruhe!“, bellte Toffi empört.
Rick stellte sich dazwischen. „Ist doch nichts passiert, Kleiner!“
Toffi pinkelte beleidigt an eine Straßenlaterne.
Benni und Schoki zurrten ihre Helme fest. Benni nahm Henrietta hoch und setzte sie in seine Büchertasche. Peperoni trabte voraus.
„Gib Gas, Benni!“ Die Schildkröte zog den Kopf unter den Panzer. „Ich habe heute schon geduscht!“

„Blöde Referate", seufzte auch Benni und trat in die Pedale.
„Wir sind doch erst am Dienstag dran", brummte Schoki. „Und außerdem: Zu zweit kriegen wir das schon hin."
Miss Cornfield hatte ihnen am Tag zuvor in der Schule freie Themenwahl gelassen. „Sprecht über einen Politiker, einen Wissenschaftler, einen Schriftsteller oder einen Künstler, ob Mann oder Frau – egal. Hauptsache, es ist eine Persönlichkeit, die euch wirklich interessiert", hatte sie gesagt und hinzugefügt: „So, die Stunde ist gleich aus. Ich zähle bis zehn und jeder sucht sich einen Partner. Wer bis zehn keinen hat, kommt in den Lostopf."
Klar: Schoki und Benni waren ein Team.
Auch Luna und Franka hatten sich gleich zusammengetan. Gerade standen sie nebeneinander auf dem Gehweg und sahen ihren magischen Tieren beim Fliegen zu. Es sah majestätisch aus, wenn Salim durch die Luft segelte! Allerdings wurde der vornehme Eindruck von einer Ratte ruiniert, die kreischend auf

Salims Rücken saß. Wie ein betrunkener Cowboy warf sich Cooper mal links, mal rechts in die Kurve. Und dazu rief er seinen Lieblingsspruch: „Cool, Baby!"
Die Regentropfen wurden dicker. Franka holte einen Schirm aus der Tasche und klappte ihn auf. Eingehakt spazierten die beiden Mädchen davon.
Ida guckte ihnen neidisch hinterher. Sie konnte sich gut vorstellen, wie Luna und Franka den Rest des Tages verbrachten: Sie würden aus Zeitschriften Fotos ausschnippeln, ein paar Informationen zusammensuchen und zack, war das Referat fertig. Bei ihr würde es komplizierter werden, das ahnte Ida.

Sie hatte sich am Freitag im Unterricht nicht gleich dazu überwinden können, Max, den Professor, zu fragen. Er war ein guter Partner, denn er war schlau! Am Ende schlauer als sie? Zu spät – schon hatte sich Max mit Sibel zusammengetan.
Ida war im Lostopf gelandet. Selbst schuld.
Eine weiche Fuchsschnauze stupste Ida an. „Hör auf zu grübeln, Rotschopf", schnurrte Rabbat. „Alles wird gut."

3. Kapitel

Tausendsassa

Zehn Minuten später standen Luna und Franka im Keplerweg, Hausnummer 17, wo Luna mit ihren Eltern wohnte. Franka schüttelte den Schirm aus, während Luna nach dem Schlüssel kramte. Im Flur mussten sie über zahlreiche Kisten steigen.

„Meine Mutter mistet anscheinend mal wieder aus“, erklärte Luna und ging geradeaus durch in ihr Zimmer. „Sie hasst es, wenn zu viel Kram herumliegt.

Wie bei mir zum Beispiel!“ Kichernd zog sie Franka hinter sich her. „Welche CD hören wir zuerst an? *Live aus Tokio*? Oder *Feuervogel*?“ Luna und Franka waren sich von Anfang einig gewesen: Sie wollten ein Referat über Tamara Takis halten, die Sängerin von *Tausendsassa*. Die Band aus Berlin war voll angesagt.
Die beiden Mädchen stießen die Tür auf, schoben einen Kleiderberg zur Seite und ließen sich auf Lunas Himmelbett plumpsen. Salim, der noch immer Cooper auf dem Rücken trug, segelte Richtung Fensterbrett und ließ die Ratte absteigen. Fröstelnd plusterte er sein Gefieder auf und Cooper schüttelte sich.
Erst jetzt merkten die Mädchen, wie nass ihre Tiere waren. Schnell holte Luna ein Handtuch aus dem Badezimmer und sie rubbelten die Tiere behutsam trocken. „Fehlt nur noch was zum Naschen …“ Luna stellte ein Schälchen in die Mitte.
„Rosinen!“, piepste Cooper begeistert und schleckte sich das Mäulchen.
„Bitte nach Ihnen“, meinte Salim und deutete eine kleine Verbeugung an.

„Du zuerst“, antwortete Cooper und kicherte. „Salim aleikum!“

„Das heißt *Salam aleikum*“, korrigierte Salim, der es wissen musste: Schließlich stammte er aus Arabien. Er wusste auch, was der Spruch bedeutete: „Der Friede sei mit euch!“

Einträchtig mümmelten die beiden Freunde vor sich hin. Jeder achtete darauf, dass der andere nicht zu kurz kam. Eine Rosine für Cooper, eine für Salim. Luna und Franka schauten ihnen glücklich zu. Wie schön es doch war, ein magisches Tier zu haben! Cooper stand Franka bei, wenn sie mal wieder Stress mit ihren Eltern oder ihrer großen Schwester Kaja hatte: Ihr magisches Tier half ihr dabei, sich wieder zu versöhnen, und Franka war sehr froh darüber.

Und Salim? Der Falke war immer da, wenn Luna jemanden zum Reden brauchte. Abends vor dem Einschlafen kroch er unter ihre Decke und hörte ihr zu. In letzter Zeit dauerte es jedoch besonders lang, bis Luna Ruhe fand. Ihre Eltern waren irgendwie komisch. Sie schienen irgendetwas vor Luna zu verheimlichen.

Aber Luna hatte keine Lust, sie auszufragen. Sollten sie doch ihre Geheimnisse haben … sie hatte Salim!
Luna drückte auf den CD-Spieler, der auf dem Nachtkästchen stand. Schon ertönte *„Stern im Sand“*.
Die beiden Mädchen blickten einander an. „Ich liebe dieses Lied!“, seufzte Luna. Sie lauschten ergriffen.
„Wie wollen wir's denn machen mit dem Referat? Erst ein Lied vorspielen und dann was über die Sängerin erzählen?“, überlegte Franka.
„Wir haben nur fünf Minuten“, entgegnete Luna. „Wir könnten auch Liedtexte verteilen und alle singen mit!“
Bei dem Gedanken, dass Tingo und Yannik zu einem Hit von *Tausendsassa* durchs Klassenzimmer rappten, mussten beide lachen.
„Komm, lass uns erst mal eine Runde tanzen!“
Die beiden Mädchen fassten sich an den Händen und begannen, sich umeinander zu drehen. Früher wäre es Franka viel zu peinlich gewesen, so herumzuhopsen. Seit sie Cooper hatte, war sie viel lockerer geworden.
Auch die Ratte machte eine Pirouette. „Cool, Baby!“, rief sie übermütig.

Salim jedoch schlug traurig mit den Flügeln. „Wie schade, dass ich nicht tanzen kann."
„Kannst du eben doch!" Luna nahm den Falken sanft in ihre Arme und wiegte ihn zärtlich hin und her.
Cooper kletterte auf Frankas Schulter und schmiegte sich an ihre Wange.
Sie waren zwei wundervolle Paare.
Aus voller Kehle schmetterten die beiden Mädchen den Refrain. *„Nichts darf uns trennen!"*, sangen sie. *„Nie, nie, niemals!"*
Und Tamara Takis sang: *„Jeder Abschied ist ein bisschen wie Sterben. Nicht wahr, kleiner Stern im Sand?"*

Benni und Schoki strampelten durch den Regen in Richtung Stadtrand.
Sie wollten heute bei Opa Theodor übernachten.
Schokis Opa hatte ein Gästezimmer, in dem es muffelte, und eine Vorliebe für Gerichte, die Kindern

überhaupt nicht schmeckten. Milzwurst mit brauner Soße zum Beispiel. Schokis Magen zog sich zusammen, wenn er daran dachte. Benni war wirklich ein guter Freund, dass er mitkam!

„Hoffentlich gibt's heißen Kakao!", rief Peperoni und galoppierte durch eine Pfütze.

„Träum weiter!", seufzte Schoki. „Sind wir zu schnell, Peperoni?"

„Von wegen!" Die Beine des Pinselohrschweins flogen zur Seite. Die Autofahrer, die sie überholten, nahmen Peperoni nur als Schatten wahr. Als Schatten, den man ruhig nass spritzen konnte!

Platsch! Ein Schwall Wasser klatschte gegen Peperonis Bauch.

„Pass doch auf!", brüllte Schoki dem Autofahrer hinterher, wusste aber im selben Moment, dass das ungerecht war.

Denn die meisten Menschen nahmen magische Tiere einfach nicht wahr.

Magische Tiere, das erzählte Mr. Morrison immer wieder, waren nur für Leute sichtbar, die sehr, sehr

feine Antennen besaßen für Dinge, die es zwar gab, die es aber eigentlich nicht geben durfte.
Autofahrer, die mit eingeschaltetem Scheibenwischer von A nach B rasten, gehörten nicht zu diesen Menschen.
Und Schokis Opa auch nicht. „Hallo, Jungs!“ Opa Theodor riss die Tür auf und klopfte erst Benni, dann Schoki kräftig auf die Schultern. Er trug Trainingsanzug und Cowboyhut. „Ihr kommt genau rechtzeitig zum Abendessen!“, freute er sich. „Ab ins Bad, umziehen, dann wird aufgetischt!“
„Was gibt es denn?“, fragte Schoki zaghaft.
„Sülze mit Sauerkraut!“, antwortete Opa Theodor fröhlich.
Schoki schluckte. Widerstand, das wusste er, war zwecklos. „Tut mir leid“, raunte er Benni zu, doch der winkte grinsend ab. „Henrietta und ich haben Chips dabei“, flüsterte er zurück. „Für später.“
Doch die brauchten sie gar nicht. Denn Opa Theodor hatte so großen Hunger, dass er die Sülze fast allein aufaß.

So blieb für die Kinder der ganze Nachtisch über – eine große Schüssel Schokopudding, worüber sich Peperoni sehr freute.
Nach dem Essen spielten sie Karten und als das Gespräch auf das Referat kam, das sie am Dienstag halten sollten, versprach Opa Theodor zu helfen. „John Wayne! Der berühmte Schauspieler! Keiner spielt Cowboys so gut wie er! Seid ihr einverstanden?“ Noch bevor die beiden Jungen antworten konnten, stand er auf und durchsuchte sein Bücherregal. „Da haben wir es ja schon!“ Er schlug das Schauspielerlexikon auf und vertiefte sich darin.
Während Schokis Opa den Vortrag vorbereitete, verzogen sich Schoki und Benni zufrieden ins Gästezimmer, wo ein alter Fernseher stand. Sie guckten sich einen Film über Nomaden in der Wüste an und knabberten Chips, bis ihnen die Augen zufielen.
Arm in Arm mit ihren Tieren schliefen sie ein.

Ida und Rabbat saßen mit einer Ladung Butterbrote auf dem Fensterbrett in Idas Zimmer.
Rabbat sah den Regentropfen zu, wie sie die Scheibe entlang nach unten rannen. „Hoffentlich kriegt Leonardo keinen Schnupfen“, sagte er.
„Hmm“, machte Ida und knabberte an einer Haarsträhne.
Der Fuchs seufzte. „Du denkst schon wieder an das Referat, stimmt's Rotschopf?“
„Ich bin mit Jo in einem Team, Rabbat“, stöhnte Ida. „Ausgerechnet! Ich werde doch immer knallrot im Gesicht, wenn ich neben ihm stehe! Und überhaupt: Wir haben noch nicht mal ein Thema!“ Sie zog Rabbat auf ihren Schoß. „Das wird alles so peinlich!“
„Nimm irgendeinen coolen Typ aus Norwegen! Mich zum Beispiel!“ Rabbat grinste. „Oder einen Skispringer! Oder, Moment, wie heißt noch mal dieser Schachweltmeister? Magnus Irgendwie ...“
Ida winkte ab.

„Du könntest natürlich auch Theater spielen?“ Rabbat grinste. „Ich kenne da ein gutes Stück: Romeo und …“

Ida hielt sich die Ohren zu. „Hör auf, Rabbat!“, stöhnte sie.

„Entschuldigung.“ Rabbat kuschelte sich gegen Idas warmen Bauch. „Ich wollte dich nicht ärgern. Nur … aufmuntern.“

Ida vergrub ihr Gesicht in Rabbats Fell.

„Euer Vortrag ist erst am Freitag“, beruhigte Rabbat seine Gefährtin. „Das kriegst du locker hin, Rotschopf! Du bist klug! Du kannst reden! Und ich werde nicht von deiner Seite weichen!“ Er zwinkerte. „Wenn du Jo allerdings küssen willst, schick mich bitte rechtzeitig weg. Oder ich mach die Augen zu!“ Er hielt sich die Pfoten vors Gesicht wie ein kleines Kind beim Versteckspielen.

Da musste Ida doch lachen. „Rabbat! Ich bin nicht verliebt!“

„Nein, gar nicht“, kicherte Rabbat und hopste vom Fensterbrett.

Und schon war ein lustiges Spiel im Gange. Ida warf Rabbat ein Kissen auf den Kopf, der Fuchs jaulte übertrieben laut auf. Er sprang zur Seite, zupfte an Idas Nachthemd und warf sie um.
„Na warte!“, lachte Ida. Sie griff nach ihrer Bettdecke und begann, Rabbat darin einzuwickeln. Zusammen kugelten sie über den weichen Teppich.
Die Regentropfen klatschten ans Fenster, aber drinnen war es warm und gemütlich. Es war wunderbar, ein magisches Tier zu haben!
Als Idas Eltern aus dem Kino nach Hause kamen, schlummerte ihre Tochter schon tief und fest. Im Arm hielt sie ihr Kuscheltier. Beide, Mädchen und Fuchs, hatten ein seliges Lächeln im Gesicht.
Die Eltern schlossen leise die Tür.

4. Kapitel

Willi Wondrascheks Wutanfall

Am Montagmorgen erlebten Ida, Benni und die anderen Kinder eine Überraschung: Das Backsteingebäude der Wintersteinschule war von oben bis unten mit Plakaten zugeklebt.

„*Wer wird Tortenschürzenking?*“, las Henrietta vor, die auf Bennis Schulter saß. „Oh, wie schön!“ Die Schildkröte strahlte. „Machen wir mit, Benni? Mit unserem berühmten Butterkuchen?“

Benni schüttelte lachend den Kopf. „Das heißt *Torschützenkönig*, liebste Henrietta!" Er las vor: „*Wer wird Torschützenkönig? Großes Fußball-Casting am Freitag im Stadt-Stadion.*" Benni winkte ab. „Es geht um einen Fußballwettbewerb. Das ist nichts für uns."

„Ach was!" Henrietta ließ sich nicht beirren. „Wir backen trotzdem. Für King Mortimer!"

Helene kam dazu, mit ihrem Kater auf dem Arm. Empört blieb sie stehen. „*Torschützenkönig gesucht!* Und was ist mit der Königin?" Sie schnaubte. „Meint da mal wieder jemand, Mädchen könnten nicht Fußball spielen?"

„Können sie auch nicht", rief Anthony, der gerade den Kiesweg entlanggejoggt kam. Im nächsten Moment blieb er wie vom Donner gerührt stehen. Wahnsinn! Mario Winkler, sein großes Vorbild, kam in die Stadt! Mario Winkler war der beste Spieler weit und breit! Seine Torschüsse galten als unhaltbar, sein Foto war in jeder Zeitung. Anthony war hin und weg.

„*Einmalige Chance! Unbedingt mitmachen!*", las er. „*Erster Preis: ein Platz im Fußballcamp am Gardasee!*"

Seine Beine begannen zu kribbeln. Das war perfekt! Endlich konnte er zeigen, was in ihm steckte!

„*Erster Preis: Gardinentee …*“, murmelte Henrietta. „Nein, danke! Passt nicht zu Butterkuchen. Benni, du hast recht: Wir sind raus!“

Im Schulhaus marschierte Helene unterdessen am Hausmeisterkiosk vorbei. Sogar der war von unten bis oben vollgeklebt!

Hausmeister Willi Wondraschek stand davor und versuchte, die Poster abzukratzen. „Wenn ich den Bengel erwische, der das gemacht hat!“, schimpfte er wütend. Sein Kopf war so rot wie der Feuerlöscher an der Wand. „Als Strafe darf er Müll im Pausenhof aufsammeln! Jeden Tag! Den Rest des Schuljahrs!“

Helene rümpfte die Nase. „Woher wissen Sie denn, dass es ein Junge war?"
„Na, weil nur Jungen Fußball spielen!", stieß Willi Wondraschek hervor und kratzte weiter an dem Plakat herum. Vergeblich.
Helene schleuderte wütend ihre blonden Haare durch die Luft. „Quatsch! Mädchen spielen auch Fußball!", schnaubte sie. „Gebt mir einen Ball und ich hau ihn ins Tor! Aber hallo!"
„Rischtig so!", miaute Kater Karajan.
Helene stapfte nach oben in den ersten Stock zu ihrem Klassenzimmer und fischte eine Haarbürste aus ihrem Prinzessinnenrucksack. Vor der Garderobe standen mehrere Kinder beisammen. Jo und Silas waren dabei, ebenso Katinka und Yannik. Alle unterhielten sich über das Fußballcamp.
„Ein Wettbewerb nur für Jungs geht gar nicht. Ich werde mich beschweren, bei Mario Winkler höchstpersönlich!", erklärte Helene energisch, während sie sich kämmte. „Wenigstens sieht er ja gut aus, dieser Mario." Sie steckte die Haarbürste weg und

legte den Kopf schief. Auch der ganze Flur vor dem Klassenzimmer war mit Plakaten zugekleistert.
„Lies erst mal das Kleingedruckte und reg dich nicht auf“, sagte Jo. „Und dann mach beim Casting mit!“ Er tippte mit dem Zeigefinger auf eine ganz bestimmte Stelle.
„Der Wettbewerb wird zeitgleich in 30 Städten ausgetragen“, las Helene. *„In jeder Stadt werden zwei Sieger gekürt. Übrigens: Auch Mädchen dürfen an den Start gehen.“* Helene schnaubte. „Wie großzügig! Ich bin aber kein ‚Übrigens‘!“
Ein Stück neben ihr steckten Katinka und Polly, das Flamingomädchen, die Köpfe zusammen.

„Der Wettbewerb ist ein reines Torwandschießen“, las Katinka vor. *„Drei Schüsse links oben, drei Schüsse rechts unten.* Was meinst du: Soll ich mitmachen?“
Das Flamingomädchen nickte heftig. „Klar, Katinka!“, rief sie. „Meine Heldin!“
Anthony biss sich auf die Lippen.

Zwar waren die Mädchen keine echten Konkurrenten – aber trotzdem … In jeder Stadt wurden nur zwei Teilnehmer ausgewählt! „Wie sieht es mit euch aus?“, fragte er und blickte in die Runde. Yannik, Silas und Jo waren echte Sportskanonen! Yannik zauderte nicht lange: „Bin dabei!“ Er klatschte mit Tingo, seinem magischen Schimpansen, ab. Silas warf eine zusammengeknüllte Papiertüte in Richtung Mülleimer. „Ich hab am Freitag keine Zeit. Ich geh mit Milan klettern.“ Milan, das war Silas' großer Bruder. Sein Krokodil rülpste.
Das hörte Anthony gern! Ein Konkurrent weniger! Der Papierknödel landete auf dem Boden.
„Daneben“, sagte Jo und bückte sich. „So macht man das!“
Er warf und traf, wie es sich gehörte, den Mülleimer. Aber nicht den, der genau vor seiner Nase stand und den Silas hatte treffen wollen. Jos Ball landete in dem Mülleimer, der hinten beim Aquarium stand. Fünf Meter entfernt.
Die anderen applaudierten, Juri klapperte begeistert

und Jo steckte lässig die Hände in die Hosentasche. „Klar mach ich mit“, sagte er. „Ist doch lustig!“

Pünktlich mit dem Gongschlag betrat die Lehrerin das Klassenzimmer.

„Guten Morgen!“, begrüßte sie die Klasse und lächelte. „Schön, euch zu sehen.“

„Guten Morgen, Miss Cornfield!“, schallte es fröhlich zurück.

„Was für ein überraschender Start in die Woche …“ Sie stellte ihre Tasche ab und sah prüfend in die Runde. „Ich hoffe, ihr habt nichts mit dieser Plakataktion zu tun?“, fragte sie vorsichtig.

Niemand antwortete.

„Herr Wondraschek ist außer sich vor Wut“, fuhr die Lehrerin fort.

Helene kicherte und erntete einen strengen Blick von Miss Cornfield.

„Wollen wir heute Nachmittag alle zusammen die Plakate abkratzen? Wie sieht es aus, Helene?“

Helene senkte eilig den Kopf.
Die Lehrerin klatschte in die Hände. „Nun denn: Wir haben viel vor heute. Starten wir gleich mit unseren Referaten! Franka, Luna, kommt ihr bitte nach vorne?"
Während sich ein Falke, eine Ratte und zwei Mädchen bereit machten, lehnten sich die anderen erleichtert zurück. Sie konnten einfach nur zuhören, wie angenehm!
Luna stöpselte den CD-Spieler an und Franka begann: „Wir stellen euch heute Tamara Takis vor, die Sängerin von *Tausendsassa*. Tamara Takis wurde in Budapest geboren", berichtete sie, „und bekam schon als Fünfjährige Gesangsunterricht. Zunächst wollte sie Opernsängerin werden, aber dann …"

Franka und Luna bekamen eine Zwei für ihr Referat und waren sehr zufrieden. Und es folgte noch eine Überraschung: In der Mathearbeit hatte Franka mal wieder eine glatte Eins geschafft. Cooper machte vor Freude einen Purzelbaum.

Luna jedoch hatte eine Zwei plus, die beste Note, die sie je in Mathe bekommen hatte. Seit sie mit Franka befreundet war, war sie in Mathe viel besser geworden. Franka konnte einfach total gut erklären.

„Märchenhaft!“, freute sich Salim und knabberte an Lunas Ohr. „Zweimal Note Zwei! Heute ist unser Glückstag!“

5. Kapitel

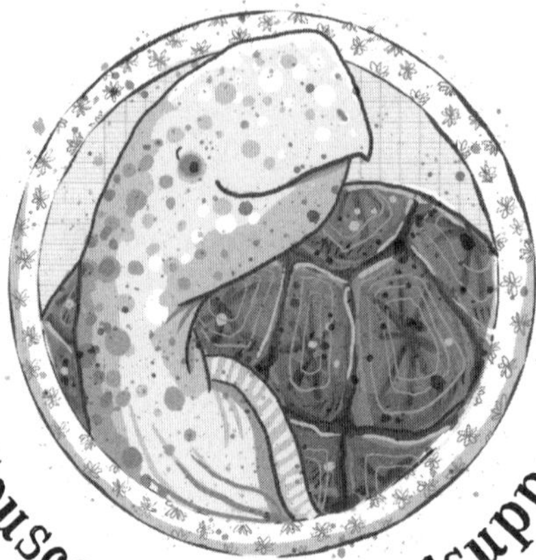

Couscous und Nudelsuppe

Anthony joggte von der Schule nach Hause. Als er keuchend vor der Haustür ankam, sprang gerade Matteo aus dem Schulbus. Anthony freute sich. Er hatte den Bus überholt!

Die beiden wohnten nebeneinander in der Albert-Einstein-Straße – Anthony links, Matteo rechts. Ihre Familien teilten sich einen großen Garten und ein Doppelhaus.

Matteo winkte ihm zu. „Kommst du später rüber?“, fragte er, als sie sich vor ihren Haustüren trafen. „Ein bisschen zocken?“ Er seufzte. „Oder unser Referat machen … Wir haben nur noch vier Tage.“

Anthony schüttelte den Kopf. „Keine Zeit. Ich muss trainieren!“

„Ach so, klar.“ Matteo nickte verständnisvoll und grinste dann. „Deine Fans warten bestimmt schon auf dich.“

Anthony musste lachen. Fans? Damit meinte Matteo die Meerschweinchen seiner kleinen Schwester.

Vor zwei Jahren hatte Laura zum Geburtstag zwei Meerschweinchen bekommen. Der Verkäufer hatte versichert, dass es sich um zwei Weibchen handelte. Eines wurde bald dicker, das andere blieb gleich. Nach fünf Wochen waren plötzlich vier Babys da, drei Monate später waren sie schon zu neunt.

Inzwischen tummelten sich mehr als dreißig Meerschweinchen in dem großen Gehege im Garten und Laura schwor, dass sie jedes einzelne auseinanderhalten konnte.

Zum Mittagessen gab es Couscous mit Gemüse.
Sie saßen zu dritt in der Küche: Anthony, Laura und ihre Mutter, Nele Madaki. Anthonys Vater, Kovu Madaki, arbeitete in einer Softwarefirma und kam erst zum Abendessen nach Hause.
Das Gespräch am Tisch drehte sich um die verrückte Plakataktion in der Wintersteinschule. Laura, die in die erste Klasse ging, war sehr aufgeregt. „Vielleicht hat Mario Winkler die Plakate ja selbst aufgehängt!" Sie legte den Kopf so schief, dass ihre dunklen Locken auf einer Seite fast ins Gemüse baumelten. „Er will, dass möglichst viele mitmachen!"
Nele Madaki hatte da ihre Zweifel.
Laura überlegte weiter. „Oder Frau Bergmann, unsere Sportlehrerin, ist in ihn verknallt und will ihn überall lächeln sehen!"
Anthony lachte. „So ein Quatsch!"
Laura begann, mit dem Stuhl hin und her zu wippen. „Tonny, machst du mit bei dem Wettbewerb? Ich bin ja noch am Überlegen … aus meiner Klasse sind fast alle dabei!"

„Weiß nicht", murmelte Anthony und schaufelte das Essen in sich hinein. Erstklässler waren keine Konkurrenz für ihn, für sie gab es am Freitag einen eigenen Durchgang. Als erster Preis winkte ein Fußballtrikot mit Unterschriften von sämtlichen Spielern aus der Nationalmannschaft.

„Trainierst du mit mir?", bettelte Laura. „Bitte, Tonny, bitte!"

Anthony versuchte, das Thema zu wechseln. „Hast du eigentlich schon deine Meeris gefüttert?"

Laura sprang auf. „Hab ich! Aber jetzt ist Vorlesestunde! Ich hol mein Drachenbuch. Sie sind schon gespannt, wie die Geschichte mit der frechen Prinzessin weitergeht!" Weg war sie – um sich ins Gehege zu setzen und den Tieren vorzulesen.

Ihre Mutter stand auf. „Und welcher liebe Goldjunge hilft mir jetzt, die Küche aufzuräumen?"

„Ich …", rief Anthony, stellte sein Wasserglas in die Spüle und flitzte zur Tür. „… nicht!" Er musste trainieren! Auf zum Bolzplatz!

Bei Mortimer Morrison gab es an diesem Montagmittag Nudelsuppe. Leider war sie ihm ein bisschen zu salzig geraten.
Auch Elster Pinkie steckte ihren Schnabel in Mortimers Teller. „Bäh!“ Sie schüttelte sich. „Gib mehr Wasser rein!“
Während Mortimer aufstand, um die Suppe zu verdünnen und noch mal aufzuwärmen, plapperte die Elster vor sich hin. „Was willst du an deinem Geburtstag unternehmen?“, erkundigte sie sich.
Sie hatte von Mary Cornfield einen klaren Auftrag bekommen: Sie musste dafür sorgen, dass Mortimer am Samstagnachmittag pünktlich um zwei vor ihrem Gartentürchen stand. Wenn Mortimer und Mary zusammen frühstückten, passte das perfekt. Vormittags Frühstück, nachmittags Party.
Die magische Elster klapperte mit dem Schnabel. „Bestimmt lädst du Mary wieder zum Frühstück ein, oder? Wie jedes Jahr?“

Mortimer stand am Herd und rührte im Topf. „Ach was“, brummte er. „Geburtstag … Lass uns lieber einen Ausflug machen, nur du und ich. Ich will keinen Trubel. Ich will niemanden sehen. Außer dir natürlich!“

Pinkie plumpste vor Schreck fast vom Tisch.

„Ausflug?“, japste sie. „Auf gar keinen Fall! Das geht nicht!“

Mortimer kam mit dem Topf an den Tisch zurück.

„Warum nicht?“, wunderte er sich. „Ein bisschen wandern! Oder mit dem Klapprad herumfahren. Wir nehmen einen Picknickkorb mit, essen Würstchen und Kartoffelsalat …“

„Ich will keinen Ausflug machen!“, protestierte Pinkie. Sie schüttelte ihr Gefieder. „Ich will …“

… bei Mary eine Party feiern, wie sie die Welt noch nicht gesehen hat!, hätte sie fast hinzugefügt. Im letzten Moment hielt sie den Schnabel.

Sie seufzte. „Ach Mortimer, dein Geburtstag ist doch auch für mich ein Festtag! Warum willst du ihn denn nicht feiern?“

Die Elster guckte auf einmal so traurig, dass Mortimer seinen Teller zur Seite schob. „Aber wir feiern doch jedes Jahr den Tag, an dem du zu mir gekommen bist!", tröstete er und strich ihr durchs Gefieder. „Vor wie vielen Jahren ist das noch mal gewesen?"
Pinkie hüpfte auf seinen Arm. „Vor hundert Millionen Jahren", antwortete sie leise.
„So alt bin ich also schon", lächelte Mortimer und strich ihr sanft über die Flügel.
Sie versanken in ihren Erinnerungen.

6. Kapitel

„Ausflugstipps in Wald und Flur“

Am Dienstag stand Anthony extra früh auf, um zu trainieren. „Sei diszipliniert, kaltblütig und energisch“, diesen Tipp kannte er aus einem Fußballbuch. Also kickte er den Ball mit aller Kraft gegen die Hauswand. Nur leider rutschte er aus – und schrammte sich das Knie auf.

Sein Vater saß gerade beim Frühstück, als Anthony blutend reinhumpelte. Er klebte seinem Sohn ein

dickes Pflaster auf die Wunde und pustete einmal drauf. So wie früher, als Anthony noch ganz klein war. „Soll ich dich zur Schule fahren, Tonny-Boy?“ Er wuschelte ihm durchs Haar.

Anthony winkte ab. „Ist doch nur eine kleine Schramme!“

Natürlich joggte er zur Schule – wie es der Trainingsplan vorsah. Das schmerzende Knie war ihm egal. Er wollte Profifußballer werden! Sich von Papi im Auto kutschieren lassen? Den Schulbus benutzen? Das war was für Schluffis!

Als Anthony das Klassenzimmer betrat, winkte Stachelschwein Zeki vergnügt mit den Vorderpfoten. Miss Cornfield saß am Pult und blätterte in ihren Unterlagen.

Anthony wollte Zeki gerade zurückwinken, als ihm auffiel, dass das Winken gar nicht ihm gegolten hatte.

Das Stachelschwein hatte alle Tiere im Halbkreis um sich geschart. Zekis Mund klappte auf und zu. Es sah aus, als würde das Stachelschwein einen Chor dirigieren. Einen Chor mit Krokodil! Übten sie für Mr. Morrisons Party? Echt schade, dass er magische Tiere nicht verstehen konnte. Man verstand nur sein eigenes magisches Tier …

Er marschierte zur Mittelreihe und setzte sich auf seinen Platz. Während die Tiere sangen, träumte er von seiner Karriere als Fußballstar. Er schloss die Augen und stellte sich vor, wie er in einem riesigen Stadion am Elfmeterpunkt stand. Er nahm Anlauf, zog durch – und schob den Ball lässig ins Tor.

Applaus! Anthony trommelte geistesabwesend mit den Füßen. Und spielte dieselbe Situation gleich noch mal durch. Anlauf – Schuss! Drin!

Anlauf – Schuss! Latte!

Er wurde ausgebuht. Oder schuhute irgendwo eine Eule? Anthony begann zu schwitzen.

„Alles in Ordnung bei dir?“ Matteo warf seinen Rucksack auf den Boden und setzte sich neben

Anthony. „Du, wegen unserem Referat, ich hab gestern schon mal angefangen. Hast du einen schwarzen Rollkragenpulli im Schrank? Den solltest du anziehen!“ Er musterte seinen Nachbarn von der Seite. Dann wedelte er mit den Händen vor Anthonys Kopf herum. „Hallo? Jemand zu Hause?“

Anthony öffnete langsam die Augen. „Was …?“, murmelte er. Er war ganz schön erschöpft. Mann, Mann, Mann. Noch drei Tage bis zum Wettbewerb und er war schon jetzt das reinste Nervenbündel!

Vorne begannen Benni und Schoki mit ihrem Referat. Sie sprachen über einen amerikanischen Schauspieler, den Anthony nicht kannte. Zwischendurch hielten sie ein dickes Buch in die Luft und zeigten Filmszenen. In Schwarz-Weiß! Gähn.

Wieder schweiften Anthonys Gedanken ab. Diesmal war er in Italien, am Gardasee. Er aß mit Mario Winkler Tomatensalat. Und Mario – natürlich duzten sie sich – verriet, wie viele Millionen Euro er verdiente. „Das kannst du auch, Tonny, das weiß ich genau“, sagte er. „Du musst trainieren, trainieren, trainieren!“

Ein Schatten fiel auf Anthonys Pult, er schreckte hoch.
„Anthony!" Miss Cornfield räusperte sich. „In welchen Filmen hat John Wayne mitgespielt?"
„*Geier kennen kein Erbarmen*", flüsterte Matteo von der Seite. „Und *Rio Bravo*!"
„*Na bravo*", wiederholte Anthony. „Und was von den Armen!"
Die Klasse lachte, Miss Cornfield runzelte die Stirn.
„Ich bin gespannt auf dein Referat am Freitag, Anthony! Ich hoffe für dich, dass du aufmerksamere Zuhörer hast!"
Nach Benni und Schoki kamen Henry und Elisa dran, die über Ludwig van Beethoven und seine neun Symphonien sprachen. Zack und Anna-Lena stellten einen amerikanischen Sänger vor, der ziemlich schöne Lieder sang. Bob Dylan hieß er.
Und dann … ging es endlich zum Sportunterricht!
Anthony raste zum Umkleideraum, schlüpfte in seine Turnsachen und rannte nach draußen auf den Sportplatz. Einmal im Jahr war er in Südafrika und spielte mit seinen Cousinen und Cousins auf

der Straße. Südafrika war die Heimat seines Vaters, Anthony freute sich jedes Mal riesig auf die Ferien. Dort lernte er eine Menge Tricks. Wie man einen Schuss nach rechts andeutete, aber nach links abspielte. Wie man den Ball unter der Schuhsohle drehte – Maradona-Trick hieß das, benannt nach einem der größten Fußballstars aller Zeiten.

Sein Cousin hatte ihm auch beigebracht, wie man den Ball auf den Knien tanzen ließ. *Plopp, plopp, plopp*.

Erst beim achten Mal fiel der Ball ins Gras.

Stolz sah sich Anthony um.

Lothar übte mit William Weitsprung in der Sandgrube. Anerkennend streckte er den Daumen hoch. „Nicht schlecht, Anthony!"

Aber dann kam Jo.

Auch er ließ den Ball auf seinem Knie auf und ab hüpfen. Er schaffte es elf Mal und guckte sich nicht mal um, ob jemand guckte. Stattdessen marschierte

er zum Klettergerüst und machte locker zwölf Klimmzüge. Yannik und Tingo turnten mit. Ging denen denn nie die Puste aus?
Als Frau Bergmann kam, versteckten sich die Tiere oder versteinerten. So hieß der Trick, den Mr. Morrison den Tieren beigebracht hatte: Wenn fremde Augen auf den Tieren ruhten, verwandelten sie sich in Kuscheltiere.
Die Sportlehrerin schickte die Klasse auf die 400-Meter-Bahn. „Warm machen!“, kommandierte sie. „Drei Runden für jeden!“
Manche freuten sich, andere stöhnten.
Benni und Schoki trabten los, Ida und Katinka überholten die beiden nach wenigen Metern.
Anthony war schnell wie der Wind. Aber das hohe Tempo kostete Kraft! Er ließ sich nicht anmerken, dass er schon in der zweiten Runde Seitenstechen bekam.
Weiter, weiter!
Jo lief vorneweg und unterhielt sich nebenbei mit Silas. Bei den beiden sah alles so leicht aus!
Anthony guckte gequält.

Mary Cornfield, die gerade eine Freistunde hatte, beobachtete das Treiben vom Fenster aus. Einige Kinder trainierten ganz schön verkniffen. Viel zu verkniffen! Sie nahm sich vor, mal wieder bei Mortimer Morrison in der magischen Zoohandlung vorbeizuschauen … am besten gleich heute Nachmittag!

Vom Veilchenweg bis zur Turmgasse waren es etwa drei Kilometer. Mary Cornfield marschierte mit großen Schritten durch die Straßen.
Sie ging gern zu Fuß. Die Sonne blinzelte zwischen den Wolken hindurch, der Samtmantel umwehte ihre Knöchel. Ein Auto besaß sie nicht. Wenn sie irgendwohin musste, fuhr Mortimer sie mit seinem Omnibus. Aber wo wollte sie schon groß hin?
Es gefiel ihr in der Stadt und es gefiel ihr an der Wintersteinschule. Mehrere Monate war sie nun schon

hier. Sie hatte sich gut eingelebt und verstand sich gut mit ihren Kolleginnen und Kollegen.
Ob sie an der Wintersteinschule bleiben durfte? Hoffentlich wurde sie im nächsten Schuljahr nicht an eine andere Schule versetzt!
Mary Cornfield musste an Willi Wondraschek denken. Heute Morgen hatte er wegen der Plakataktion eine Schultaschenkontrolle durchgeführt. Ohne Erfolg – kein Kind hatte irgendetwas Verdächtiges dabei.
Ein Mädchen mit Roller flitzte vorbei. „Hallo, Miss Cornfield!"
„Oh, hallo, Ronja!", grüßte Mary Cornfield freundlich zurück. „Alles klar, Toffi?" Sie blieb stehen, um das magische Hündchen zwischen den Ohren zu kraulen.
„Wir sind unterwegs zu Lothar!", kläffte Toffi. „Ronja schreibt die Mathe-Hausi von ihm ab!"
Ronja bekam rote Backen, aber dann fiel ihr ein, dass die Lehrerin Toffi nicht verstehen konnte. „Wir sind unterwegs zu Lothar!", rief sie und rollte vergnügt davon. „Sie werden staunen, wie toll unser Referat wird!"

Schon waren die beiden um die Ecke verschwunden und Mary Cornfield blickte ihnen glücklich hinterher. Sie hatte so nette Schüler! Und ohne die magischen Tiere konnte sie sich das Klassenzimmer gar nicht mehr vorstellen.

An einer Ampel blieb sie stehen. Sie nestelte an ihrem Amulett, das sie immer um den Hals trug. So schön es hier auch war: Manchmal kam ihr der Gedanke, nach Schottland zurückzukehren. Aber war das eine gute Idee? Dort konnte es ziemlich einsam sein …

Sie erreichte die Turmgasse, stapfte fünf Stufen hoch und klingelte. Ein schrilles Geräusch ertönte. Sie klingelte noch einmal und endlich ging die Tür auf.

Im Türrahmen stand, groß und stark: Murphy, der Eisbär!

Mary purzelte fast rückwärts die Treppe hinunter. „Murphy! Bist du verrückt?

Wenn dich jemand sieht! Stell dir vor, ich wäre der Postbote gewesen."

Murphy hob entschuldigend die Pfoten.

Miss Cornfield durchquerte die Zoohandlung, schritt durch die Hintertür – und lächelte. Was für ein friedlicher Anblick! Mortimer saß im Liegestuhl, umringt von seinen magischen Tieren, und las in einem Buch. Auf seinem Schoß kringelte sich Ashanti, die Schwarze Mamba. Ein Waschbär saß im Gras und spitzte die Ohren. Was las Mortimer denn? Mary entzifferte den Titel: „*Ausflugstipps in Wald und Flur*".

Neben dem Waschbären hockte ein Biber und knabberte an einem Maiskolben. Leonardo, das Streifenhörnchen, wippte auf einem Ast, die zwölf Erdmännchen spielten auf einer Decke. Alle sahen munter und zufrieden aus.

Nur Pinkie auf Mortimers Schulter guckte gequält.

„Mortimer will am Samstag wandern gehen!", krächzte sie. „Eine Katastrophe!"

Zu dumm nur, dass die Lehrerin magische Tiere nicht verstehen konnte.

Erst jetzt merkte Mortimer, dass er Besuch hatte. „Hallo, Mary!“ Er legte das Buch zur Seite und stand auf, um einen zweiten Liegestuhl zu holen. „Was führt dich zu uns, Schwesterherz?“

Pinkie klappte ihre Flügel auseinander und flatterte ins Haus. „Mary ist da!“, zwitscherte sie. „Agent Y, wo bleibst du denn?“

Da kam die Vogelspinne auch schon angekrabbelt! Miss Cornfield beugte sich vor und setzte sie auf ihren Unterarm. „Wie flauschig du bist!“ Sie streichelte das magische Tier. „Suchst du einen Gefährten?“

Agent Y nickte eifrig.

Mortimer hob überrascht den Kopf. „Steht eine Übergabe an? An wen denkst du, Mary?“

Und schon waren die beiden in ein angeregtes Gespräch vertieft. Mary Cornfield berichtete, dass es in der Schule gerade drunter und drüber ging. Sie erzählte von dem unglücklichen Hausmeister und dem Fußball-Casting am Freitag.

Mortimer hörte aufmerksam zu.

Pinkie jedoch nutzte die Gelegenheit für eine

besondere Aktion. Das Buch, das neben Mortimer im Gras lag, war schwer. Aber nicht so schwer, dass es eine tüchtige Elster nicht in den Schnabel nehmen und wegschleppen konnte. Entschlossen zog sie die „*Ausflugstipps*“ durchs Gras und versteckte sie im Holzstoß.

Kein Buch – kein Ausflug! So einfach war das!

Zufrieden flatterte Pinkie zurück zu den Liegestühlen.

Gerade setzte Mr. Morrison sich auf. „Aber welches Tier würde denn passen, Mary? Was meinst du?“

Die Lehrerin kitzelte die Vogelspinne, die inzwischen auf ihrer Handfläche saß. „Na, kleiner Freund?“, sagte sie. „Möchtest du weg aus der magischen Zoohandlung? Möchtest du vielleicht zu einem Kind aus meiner Klasse?“

Agent Y krabbelte in ihren Ärmel. Nur Mr. Morrison konnte hören, was die Spinne antwortete. Er stand auf. „Ich habe meine Entscheidung getroffen!“

Er flüsterte Mary etwas ins Ohr, sie lächelte.

Dann ging der Inhaber der magischen Zoohandlung ins Haus, um eine Nachricht loszuschicken.

7. Kapitel

Post von der magischen Zoohandlung

Matteo drängelte wegen des Referats, aber Anthony hatte weder Zeit noch Lust, sich darum zu kümmern. Für ihn gab es nur einen wichtigen Termin: Freitag, 15 Uhr.

Anthony war im Garten hinter dem Haus. Er warf den Ball von einer Hand in die andere. Dann legte er ihn vor die Füße.

Er tänzelte um den Rasenmäher und zielte auf den

grünen Eimer, der neben dem Kräuterbeet seiner Mutter stand. *Doing!*
Der Eimer flog in hohem Bogen in das Meerschweinchengehege. Ups! Die Tiere stoben in die Ecken.
„Verzieht euch", murmelte Anthony und holte den Eimer zurück. Die Meerschweinchen huschten in ihre Häuschen. „Hier trainiere ich."
Er reckte die Faust. Wenn er den Eimer traf, würde er am Freitag auch das Loch in der Torwand treffen!
Anthony hatte sich mit den Wettkampfbedingungen genau vertraut gemacht: Im Stadion wurde eine Torwand mit Löchern aufgestellt, eines befand sich links oben, eines rechts unten. Der Durchmesser einer Öffnung betrug 55 Zentimeter, geschossen wurde aus sieben Metern Entfernung.
Jeder Spieler hatte sechs Versuche.
Alle sechs Treffer zu erzielen, hatte noch niemand geschafft. Nicht einmal Mario Winkler war das Kunststück bisher gelungen!
Vielleicht schaffte es am Freitag Anthony Madaki?

Oder, Anthony schluckte, Jo Wieland?

Nach einer Stunde Training trabte Anthony in die Küche, um sich einen Sportlerdrink zu mixen.

Danach ging er in sein Zimmer und zog unter dem Bett ein zerfleddertes Fußballalbum hervor. Er blätterte jeden Tag darin, denn er liebte die glitzernden Embleme, Pokale, Flaggen und Spielerporträts. Irgendwann, in zehn bis fünfzehn Jahren, würde darin ein Bild von *ihm* zu sehen sein! Alle großen Fußballnationen waren vertreten.

Anthony machte die Fingerkuppe nass, blätterte um – und starrte verblüfft auf die Doppelseite. Da, wo normalerweise die bunte Flagge von Südafrika klebte, tanzten goldene, unscharfe Buchstaben.

Die weißen, gelben und grünen Linien verschwammen vor seinen Augen, die roten, schwarzen und blauen Ecken schoben sich ineinander.

Was hatte das zu bedeuten?

Neue Buchstaben blinkten auf. Wieso wackelten sie?

Anthony schlug das Album zu – und gleich wieder auf. Jetzt war alles scharf!

Klar und deutlich las er den Text:

An Anthony Madaki!

Die magische Zoohandlung teilt mit: Das Auswahlverfahren läuft. Du bekommst bald ein magisches Tier. Halte dich bereit!

Viele Grüße!

Die magische Zoohandlung

Verblüfft schüttelte Anthony den Kopf.

Er sollte ein magisches Tier bekommen? Aber warum denn?

Anthony dachte an Max' neunmalkluge Eule und an Bennis langsame Schildkröte.

Wollte er überhaupt ein magisches Tier haben?

Puh! Anthony setzte sich auf die Bettkante, um nachzudenken.

Was musste passieren, damit ein Kind ein magisches Tier bekam?

Anthony erinnerte sich an Zack.

Zacks Eltern hatten sich getrennt und Zack war total fertig gewesen. Er hatte wirklich sehr, sehr dringend einen Freund gebraucht. Also hatte Mr. Morrison ihm Zeki vorbeigebracht.
Was war bei Ronja und Lothar los gewesen?
Die beiden hatten so schlechte Noten in Mathe geschrieben, dass sie fast sitzengeblieben wären. Ihre Tiere hatten sie davor bewahrt. Gut so!
Und Helene?
Anthony erinnerte sich an Helenes Beichte bei der Lesenacht. Ihr Vater hatte an der Börse das ganze Geld der Familie verloren und die Familie musste aus ihrer Villa ausziehen. Helene hatte sich so geschämt. Also hatte sie Karajan bekommen!
Anthony zuckte mit den Schultern.
Sie alle hatten wirklich Hilfe gebraucht. Aber er?
Als sein Vater am Morgen zur Arbeit gegangen war, hatten sich seine Eltern geküsst. Das sah nicht nach Scheidung aus.
Seine Noten waren in Ordnung.
Ausziehen aus dem Haus mussten sie auch nicht, da

war sich Anthony ziemlich sicher. Hatte seine Mutter nicht erst gestern neue Vorhänge fürs Wohnzimmer bestellt?

Seine Gedanken fuhren Achterbahn.

Er hatte gar keine Zeit, sich um ein magisches Tier zu kümmern!

Und er hatte gar keine Lust auf diesen Hokuspokus! Nicht jetzt!

Da kam ihm eine Idee. Er wühlte in seinem Rucksack, holte Stift und Block heraus und schrieb einen Brief.

An die magische Zoohandlung!

Vielen Dank für das freundliche Angebot! Nur leider ist gerade nicht der richtige Zeitpunkt für ein magisches Tier. Vielleicht ein andermal!

Viele Grüße
Anthony Madaki

8. Kapitel

Arme Luna!

Am selben Tag, zwei Stunden später, geriet auch Lunas Leben aus den Fugen.

Sie saß auf ihrem Himmelbett und schluchzte. Ihre langen blonden Haare waren nass vor Tränen.

Salim sah ihr hilflos zu. Mit einem Knödel im Hals trippelte er auf der Bettdecke hin und her, mühsam bemüht, seine eigenen Tränen hinunterzuschlucken.

Was war passiert?

Luna hatte herausgefunden, wieso sich im Flur so viele Kisten stapelten.
Und das kam so:
Familie Nadolny saß beim Abendessen.
Normalerweise gab es abends Brotzeit. Heute aber hatte Lunas Vater leckeres Essen beim Thai-Imbiss bestellt. Luna lief das Wasser im Mund zusammen: Frühlingsrollen mochte sie sehr! Und auch Salim liebte Reis mit gehackten Erdnüssen. Er saß wie immer im Regal mit den Kochbüchern und wartete, dass Luna ihm etwas zuschanzen konnte.
Duftend und dampfend stand das Essen auf dem Tisch. Luna sicherte sich drei Frühlingsrollen und wunderte sich, dass ihre Eltern nicht protestierten. Für Salim zweigte sie vier Teigtaschen und ein Schälchen Reis ab. Wieder fiel ihren Eltern nichts auf! Heute war es besonders leicht, ihr magisches Tier zu versorgen.
Lunas Vater räusperte sich. „Luna, es gibt Neuigkeiten“, sagte er.
Luna horchte auf. Ob ihre Eltern nun endlich das große Geheimnis lüfteten? „Wir haben im Lotto

gewonnen?", fragte sie vorsichtig und knabberte an der Frühlingsrolle, die sie geschickt zwischen zwei Essstäbchen geklemmt hatte.

„Das könnte man fast so sagen", antwortete ihr Vater. Und begann zu berichten: dass er sich an seiner Firma um eine neue Position beworben hatte. Dass er die Stelle bekommen hatte, obwohl er gar nicht damit gerechnet hatte. Dass er sich sehr auf diese neue Aufgabe freue und dass er nun viel Geld verdienen würde.

„Dann gehen wir in den nächsten Ferien nicht wieder wandern?" Luna schaute ruckartig auf. „Fahren wir ans Meer? Bitte, bitte, ich will so gern mal ans Meer!" Doch als ihr Blick auf Salim fiel, verstummte sie. Der Falke saß still in seiner Ecke und kaute auf einer Teigtasche herum. Er schien zu spüren, dass Lunas Eltern noch mehr zu sagen hatten.

„Ehrlich gesagt", mischte sich jetzt Lunas Mutter ein, „werden wir in diesem Jahr leider überhaupt nicht in den Urlaub fahren. Wir haben nämlich andere Dinge zu tun."

Einen Moment lang war es mucksmäuschenstill.
„Welche denn?“, fragte Luna und wünschte sich im selben Moment, die Frage nie gestellt zu haben.
Ihre Eltern hatten anscheinend nur darauf gewartet.
Sie blickten Luna direkt ins Gesicht: „Wir werden umziehen.“
„Was?“ Lunas Essstäbchen krachten auf die Tischplatte. Salim spuckte seine Teigtasche aus. „Wir werden *was*?“
„Wir ziehen um“, wiederholten Lunas Eltern ruhig. „In eine andere Stadt.“
Luna fehlten die Worte.
„Luna, was geht hier vor?“, krächzte Salim.
Normalerweise sprach er nie beim Essen, um Luna nicht in Verlegenheit zu bringen. Dass er jetzt den

Schnabel aufmachte, zeigte, wie durcheinander er war. Als ahnte er bereits, dass sich ihr Leben gewaltig ändern würde.

Die warme, gemütliche Stimmung in der Küche war mit einem Schlag verflogen. „Aber wieso?", rief Luna mit erstickter Stimme. „Heißt das, ich muss weg von der Wintersteinschule, weg von der schönsten Schule der Welt?" Tränen stiegen in ihr auf.

„Wir wissen, wie wohl du dich hier fühlst …" Ihre Mutter legte Luna die Hand auf den Unterarm. „Ich hab mich auch erst an den Gedanken gewöhnen müssen. Ein Neustart ist nicht einfach, wir werden uns alle umstellen müssen. Aber ein Umzug bietet auch neue Chancen. Nicht nur für Papa, sondern für uns alle!"

Luna schob das Essen von sich weg.

„Süße, ich habe dort auch einen neuen Job", erklärte Lunas Mutter. „Du weißt, wie schwer es für mich ist, als Historikerin eine Stelle zu finden. Aber dort darf ich eine Mittelalterausstellung vorbereiten. Ist das nicht wunderbar?"

Luna standen die Tränen in den Augen. Ihre Eltern sahen so glücklich aus! Aber was war mit ihr? Sie musste ihre Freunde verlassen! Sie dachte an Schoki und sein lustiges Pinselohrschwein. Sie hatten zusammen so viel Spaß beim Schulball gehabt! Sie dachte an Ida und ihren süßen Fuchs. Ida erklärte ihr immer alles dreimal, wenn sie den Stoff nicht verstand. Und vor allem dachte sie an Franka, ihre beste Freundin, mit der sie immer zusammenhing. Salim hopste auf Lunas Schoß. Ihre Eltern merkten es nicht. „Salim", flüsterte Luna und strich über sein zitterndes Gefieder. Was war mit Salim und Cooper? Die beiden waren so dicke Freunde!
Während Luna immer trauriger wurde, wurden ihre Eltern immer gesprächiger. Sie würden in die nächste größere Stadt ziehen, die 70 Kilometer entfernt lag. Luna würde an eine neue Schule kommen. „Es ist eine musische Schule", sprudelte es aus Frau Nadolny heraus. „Mit Lyrikkurs! Und Cellounterricht! Dafür gibt es weniger Mathe und weniger Sport. Perfekt, oder?"

Luna schluckte. Sie träumte oft davon, ein Instrument zu spielen. Und natürlich war sie eine Dichterin! Sie liebte es, ihre Gefühle in Poesie auszudrücken …
Im Moment würde sie schreiben: *Traurig wie eine Tanne, von der die Nadeln abfielen.*
„Was ist mit Franka und Cooper?", stieß Luna hervor. „Ich kann sie doch nicht im Stich lassen!"
Ihre Eltern nickten verständnisvoll. „Wer ist noch mal Cooper? Ein Junge aus deiner Klasse? Er ist uns jederzeit willkommen! Und Franka sowieso!" Die beiden sprachen viel schneller als sonst. „Wir werden uns im Nu in dem neuen Haus eingerichtet haben. Weißt du, wir haben dort auch einen eigenen Garten, da könnt ihr zelten! Ist das nicht toll?"
Die Eltern malten sich ihr neues Leben in den schönsten Farben aus. Und was war mit ihr?
„70 Kilometer", gurrte Salim leise. „Dafür brauche ich nicht einmal eine Stunde. Ist eigentlich um die Ecke."
Luna entwischte ein zaghaftes Lächeln. Versuchte Salim sie zu trösten? Wenn er tapfer war, wollte sie es auch versuchen.

Luna atmete tief durch. „Wann ist es soweit?“, fragte sie.
Ihre Eltern zögerten mit der Antwort. „Schon am kommenden Samstag“, sagten sie schließlich und im selben Moment wurde es in der Küche so kalt wie am Südpol.
„Was?“ Luna sprang auf. „Und das sagt ihr mir erst jetzt?“ Genug war genug. Luna drehte sich weg und rannte aus der Küche. Der Stuhl fiel polternd um. Tränen kullerten über ihr Gesicht.
Salim flatterte hinterher – ihm doch egal, was Lunas Eltern dachten! Im Regal blieb ein vollgefülltes Reisschälchen zurück.
In ihrem Zimmer brach Luna schluchzend auf ihrem Himmelbett zusammen. Ihre langen blonden Haare waren nass vor Tränen.
Salim sah ihr hilflos zu. Mit einem Knödel im Hals trippelte er auf der Bettdecke hin und her, mühsam bemüht, seine eigenen Tränen hinunterzuschlucken.
So war der Dienstagabend für Luna verlaufen.
So war es gewesen, als ihr Leben aus den Fugen geriet.

9. Kapitel

Bestnote

Die Referate am Mittwoch waren superspannend! Erst sprachen Max und Sibel über Howard Carter, der im Jahr 1922 in Ägypten das Grab des Pharaos Tutanchamun ausgrub. Nach der Ausgrabung wurde der Archäologe von einem bösen Fluch verfolgt, dem Fluch des Pharaos!

Als Nächstes waren Yannik und Silas dran. Und ihr Vortrag war noch besser: Sie erzählten von einem

Straßenkünstler, der sich „Banksy“ nannte. Der Typ reiste durch die Welt und sprühte mit Schablonen Graffitis an die Wände. Der Wert dieser Häuser stieg dadurch um Millionen! Das Verrückte daran: Niemand wusste, wer dieser Banksy wirklich war.

„Wahnsinn“, staunte Eddie, dessen Eltern ebenfalls Künstler waren.

„Vielleicht ist der Mann ja eine Frau“, überlegte Ida.

„Vielleicht.“ Yannik zuckte mit den Schultern. „Es gibt kein einziges Foto von ihm!“

Eine lebhafte Diskussion kam in Gang. Welche Botschaften man an die Wände sprühen konnte. Ob ein Haus schöner war, wenn es sauber oder wenn es bunt war.

Die Klasse diskutierte über Umweltverschmutzung, Kinderarmut und einen Luftballon in Herzchenform, den Anna-Lena hübsch, Eddie aber total kitschig fand.

Helene machte sich leidenschaftlich für „Shopping“ stark: „Schafft doch Arbeitsplätze!“

„Zerstört die Umwelt“, sagte Ronja.

Luna guckte mit Leidensmiene aus dem Fenster.

„Was ist dir denn für eine Laus über die Leber gelaufen?“, erkundigte sich Franka, die neben ihr saß.
„Müde“, murmelte Luna und träumte sich ganz weit weg, während Salim sich an sie schmiegte.
Auch Anthony bekam von der Unterrichtsstunde höchstens die Hälfte mit. Seine Gedanken kreisten um die geheimnisvolle Nachricht, die er bekommen hatte. Inzwischen war er sich gar nicht mehr sicher, ob er die Buchstaben tatsächlich gesehen hatte. Hundertmal hatte er das Fußballalbum später am Abend durchgeblättert – vergebens. Die goldenen Buchstaben waren verschwunden.
Den Brief an die magische Zoohandlung hatte er nicht abgeschickt. Das hatte er sich dann doch nicht getraut. Man durfte doch kein Geschenk zurückweisen, oder?
Während die anderen Kinder über bunte Wände in Paris, London und New York sprachen, sah sich Anthony im Klassenzimmer um.

Bisher hatte er die magischen Tiere einfach nur lustig

gefunden. Ein Chamäleon, das seine Farbe veränderte. Ein Krokodil, das ab und zu rülpste. Ein Pinselohrschwein, das Kaba trank. Auch die Sache mit dem Versteinern fand er cool: Wenn der Direktor das Klassenzimmer betrat, wurde Rabbat zum Plüschfuchs, Tingo zu einem Stoffaffen. An welcher Schule gab es das schon?

Doch heute sah Anthony noch mehr. Wer nicht genau hinguckte, würde meinen, dass Benni sich am Knöchel kratzte. In Wirklichkeit tuschelte er mit seiner Schildkröte und steckte ihr eine Gurkenscheibe zu. Die beiden waren ein Herz und eine Seele.

Ida hielt ihren Fuchs auf ihrem Schoß und tauchte immer wieder ihre Nase in sein Fell. Anthony kam es vor, als würde sie Energie tanken.

Erst jetzt fiel Anthony auf, wie viele Dinge er nicht wusste. Was machte man eigentlich den ganzen Tag mit seinem magischen Tier?

Was fraß es?

Musste man sich viel um das Tier kümmern?

Plötzlich kam ihm ein Gedanke. Heute war Mittwoch. Vielleicht bekam er das Tier ja erst am Freitag, nach dem Wettbewerb? Hoffentlich!

Und dann fiel ihm noch etwas ein: Vielleicht bekam er ja ein magisches Tier, damit er sich im Fußballcamp nicht einsam fühlte? Immerhin kannte er dort niemanden!

In Südafrika hatte Anthony mal mit seinen Großeltern eine Safari gemacht. Die Tiere, die er dort gesehen hatte, waren unglaublich! Anthony stellte sich einen magischen Elefanten vor, der im Tor stand, während er Torschüsse übte.

Oder vielleicht bekam er einen Strauß? Den schnellsten Laufvogel der Welt? Mit ihm könnte er um die Wette rennen! Oder eine Giraffe, die ihm die Bälle vom Baum holte, wenn er zu hoch geschossen hatte!
Er linste zu Henry. Henry war barfuß, sein Leopard Leander lag am Boden. Immer wieder fuhr Henry mit dem Fuß über das samtweiche Fell. So einen Schemel würde er auch gern haben!
Anthony rutschte aufgeregt hin und her.
„Anthony?" Auf einmal stand Miss Cornfield vor ihm. „Worüber haben wir gerade gesprochen?"
„Äh..." Anthony kratzte sich am Kopf. „Fußball?"
Die Klasse lachte schallend.
Die Lehrerin zeigte sich gnädig. „Ausnahmsweise nicht. Wir sind die Referat-Liste durchgegangen, du bist am Freitag mit Matteo dran. Alles klar?"
Freitag? Stand da nicht eine viel wichtigere Sache an? Egal. Anthony nickte.
Die Referenten von heute bekamen Einser für ihre Vorträge. „Ihr habt euch sehr viel Mühe gegeben!", lobte Miss Cornfield.

Max und Sibel nahmen die Bestnote strahlend entgegen, Yannik und Silas aber tanzten zurück auf ihre Plätze. Eine Eins hatten sie schon lange nicht mehr bekommen!

„Ich hätte es nicht besser machen können, Kumpel“, freute sich Rick, das Krokodil. „Coole Socke, dieser Banksy!“

Tingo trommelte anerkennend mit zwei Bleistiften auf der Tischplatte herum. „Allererste Sahne, Yannik! Und dabei habt ihr nur zehn Minuten für die Vorbereitung gebraucht! Bravo, bravissimo!“

Anthony konnte Rick und Tingo nicht verstehen. Aber er konnte sehen, wie stolz die Tiere auf ihre Gefährten waren.

Vielleicht war es doch schön, ein magisches Tier zu haben?

10. Kapitel

„Gestatten, Morrison!“

Nach der Pause sollten sich die Kinder still beschäftigen und bekamen Arbeitsblätter zum Rechnen.

Die magischen Tiere sammelten sich in der Ecke des Klassenzimmers. Sie mussten ihre Pyramide proben!

„Bald ist er da, der große Tag!“, jubelte Polly, der Flamingo, und schwang sich auf Mette-Majas Rücken.

„*Schubi-du!*“, sang Zeki und kletterte auf Tingo.

„Ohne Murphy schaffen wir's nicht!“, jammerte Muriel. „Oje, oje, oje!“

Aus irgendeinem Grund weigerte Salim sich heute, sich auf die Spitze zu setzen. Die anderen bettelten und redeten auf ihn ein, aber Salim schüttelte den Kopf.

Stattdessen wurde Eugenia auserkoren, den Rauschgoldengel zu spielen – eine Rolle, die ihr nicht behagte. „Da oben wird mirerich schwindlicherich!“, protestierte sie. Sie verlor den Halt und landete auf Rabbats weichem Rücken. „Viel besserich!“, freute sie sich.

„Oje, oje, oje!“, seufzte die Eule gleich noch mal. „Salim streikt. Und Eugenia muss kotzen. Was machen wir nur?“

Die Kinder schwitzten über ihren Arbeitsblättern, Miss Cornfield sortierte Bücher im Regal.

Das Fenster stand offen, aber niemand merkte, dass Pinkie, die Elster, hereinschoss.
„Achtung, Mortimer kommt!“, kreischte Pinkie und flatterte nervös um die Pyramide herum. „Pennt ihr denn alle?“
Die Tiere waren so konzentriert bei der Sache, dass sie Pinkie weder sahen noch hörten. „Der Boss ist im Anmarsch!“
In ihrer Not zwickte Pinkie Peperoni in den Po. Das Pinselohrschwein hüpfte erschrocken zur Seite, die ganze Pyramide stürzte in sich zusammen. Die Tiere purzelten übereinander.
„Autschi!“, rief Rick.
Im selben Moment klopfte es an der Klassenzimmertür.
„Herein“, rief Mary Cornfield.
Die Tiere stoben auseinander.
Mortimer durfte auf keinen Fall mitkriegen, was sie da veranstalteten!

Als der Inhaber der magischen Zoohandlung das Klassenzimmer betrat, saß Tingo bereits artig auf Yanniks Schoß.

Juri lehnte am Garderobenständer und wedelte unschuldig mit den Flossen. Leander gähnte gelangweilt auf dem Sofa – dabei hatte er gerade eben noch Rabbat, Karajan und Caspar auf seinem Rücken getragen!

Mit seinen Lederstiefeln und dem grauen Mantel schlurfte Mortimer Morrison über den abgeschabten Parkettboden. „Gestatten, Morrison!“, sagte er mit einer kleinen Verbeugung.

Ida fiel sofort auf, dass Mr. Morrisons Manteltasche dicker war als sonst.

Rabbat merkte es ebenfalls. „Die Beule bewegt sich!“, flüsterte er Ida aufgeregt zu.

„Willkommen, Mister Morrison!“, antworteten die Kinder.

„Haben Sie Agent Y dabei?“, rief jemand. „Damit sich Helene mal wieder richtig gruselt?“

Helene warf dem „Jemand“ einen giftigen Blick zu.

Mr. Morrison schüttelte den Kopf. „19 Tiere sind bereits verteilt“, sagte er mit feierlicher Stimme. „Und auch heute ist es wieder an der Zeit, den Schwur zu sprechen. Seid ihr bereit?“

Alle Kinder und Tiere sprangen auf. Eine Übergabe? Damit hatten sie nicht gerechnet!

Elisas Augen glänzten. „Sibel, hast du eine Nachricht gekriegt?“

„Hätte ich doch erzählt“, antwortete Sibel traurig.

An der Tafel blinkten grüne Leuchtbuchstaben auf.

Alle holten tief Luft und die Kinder erhoben sich zum Schwur.

„Niemals, niemals sprechen wir …“

Es entstand eine winzig kleine Pause und diese winzig kleine Pause nutzte die Beule, um sich zu Wort zu melden.

„Wann darf ich endlich raus?“, piepste sie. „Ich krieg keine Luft mehr!“

Anthony wäre fast aus den Hausschuhen gekippt, so überrascht war er. Die Stimme kam aus Mr. Morrisons Manteltasche! Und er konnte sie verstehen! Seine Knie wurden weich. Also, eine Giraffe passte ganz bestimmt nicht in die graue Stoffhöhle …

Er wollte nach vorn laufen, doch der Inhaber der magischen Zoohandlung stoppte ihn mit strengem Blick.

„Geduld, Geduld!“, sagte er. „Erst der Schwur, dann die Übergabe!“

„Genau!“, schuhute Muriel, die Eule. „Ordnung muss sein!“

Mr. Morrison nickte der Klasse zu. „Noch mal von vorn!“

Laut und deutlich schallte es durch das Klassenzimmer:

**„Niemals, niemals sprechen wir
mit anderen über das magische Tier.
Die magische Zoohandlung ist streng geheim,
so soll es für immer und ewig sein."**

Es wurde mucksmäuschenstill im Klassenzimmer.
„Ich mach mir gleich in die Hose", quiekte Peperoni und trippelte nervös von einem Bein auf das andere.
„Welche Hose?", grinste Schoki und kraulte das süßeste Schweinchen der Welt zwischen den Ohren.
„Hui, ist das spannend!", quietschte Polly, die noch nie eine Übergabe mitgemacht hatte. Außer ihrer eigenen natürlich. Sie war stolz, dass sie nun zur Klassengemeinschaft gehörte und legte ihren Flügel um Katinka.
Mortimer Morrison griff in seine Manteltasche. Heraus zog er – ein Meerschweinchen! Es hatte ein weißes Fell mit rotbraunen Flecken, lustige Haarbüschel zwischen den Ohren und wackelte aufgeregt mit dem Näschen.
„Ist das goldig!", japste Elisa.

„Wie heißt du?“, fragte Sydney.
„Madonna!“, antwortete das Meerschweinchen. Es streckte sich, machte Männchen auf Mortimers Hand und sah sich um. Als es Anthony entdeckte, hüpfte es auf den Boden, flitzte durch viele Kinderbeine hindurch und bremste genau vor Anthonys Füßen ab. Stolz blickte das kleine Meerschweinchen nach oben.
„Hallo, Anthony!“, quiekte es aufgeregt. „Ich bin Madonna, deine neue Freundin!“ Die Barthaare zitterten vor Aufregung.
„Madonna“, stöhnte Anthony, vergrub die Hände in den Hosentaschen und starrte ratlos auf das Tier vor seinen Füßen. Was war das denn für ein Name? Wenn es wenigstens „Maradona“ heißen würde, wie die Fußballlegende aus Argentinien! Und überhaupt: Was wollte er mit einem Meerschweinchen? Seine Schwester hatte drei Dutzend davon!
Matteo knuffte ihn in die Seite. „‚Madonna‘ heißt die kleine Kartoffel? Wie witzig! Und du kannst sie verstehen? Wahnsinn! Das heißt, sie gehört echt zu

dir!“ Er klopfte ihm auf die Schulter. „Gratuliere!“
Anthony hatte das Gefühl, dass Matteo froh war, dass er *kein* Meerschweinchen bekommen hatte.
Die anderen Tiere freuten sich dagegen sehr über die neue Freundin.

„Darf ich Madonna ein bisschen herumtragen?“, bettelte William, das Känguru.
„Zum Glück ist es nicht der dumme Biber“, seufzte Muriel, die Eule, erleichtert.
„Ich hab noch was zu essen übrig“, rief Henrietta und rollte ein Radieschen über den Boden. „Nicht übel, gar nicht übel!“
Madonna blickte sehnsüchtig hoch zu Anthony.
Und was machte Anthony?
Er stand einfach nur da und guckte griesgrämig.
Wieso bekam er denn so einen Winzling? So ein durch und durch normales Tier?
Elisa schnippte mit den Fingern: „Wenn Anthony das Meerschweinchen nicht will, nehme ich es gerne!“

„Ich könnte mich super um Madonna kümmern!", versprach Sibel.
„Ich will ein Pony!", rief Leonie.
Mr. Morrison guckte ratlos in die Klasse. „So geht das nicht", stammelte er. Irgendwie hatte er sich die Übergabe anders vorgestellt.
Madonna merkte nicht, wie peinlich dem Inhaber der magischen Zoohandlung die Situation war.
„Anthony!", quiekte sie und trommelte mit den Hinterbeinen auf den Boden. „Heb mich hoch! Ich will dich kennenlernen! Ich hab mich so auf dich gefreut!"
Matteo stieß seinem Freund den Ellenbogen in die Seite und endlich bückte sich Anthony. Für einen Moment schmolz sein Widerstand zusammen.
Madonna war wunderbar seidig weich und roch nach Apfel und Zimt.
„Hallo, Anthony!" Madonna klimperte mit ihren dunklen Augen. „Da bist du ja."
Anthony lächelte. Sie konnten tatsächlich miteinander sprechen!

Das Meerschweinchen knabberte an Anthonys Fingern. Das kitzelte! Anthony musste lachen. Die anderen Kinder und Tiere fielen mit ein. Sie alle hatten Madonna längst lieb gewonnen.
„Vielleicht sollte Madonna am Samstag an der Spitze stehen“, schlug Muriel vor. „Wenn Salim weiterhin streikt!“ Sie blickte zu Salim, der auf Lunas Schulter saß. Der Falke war hinter Lunas blonden Haaren kaum zu sehen. Wie ein Vorhang hingen ihr die Strähnen vors Gesicht. Beide wirkten irgendwie – verloren.
„Psssst!“, machte Pinkie erschrocken. „Feind hört mit!“ Sie flatterte zu Mr. Morrison, setzte sich auf seine Hutkrempe und flötete: „Mission erfüllt, Boss! Lass uns gehen. Tschüssikowski!“
Mr. Morrison zögerte. Die Übergabe war nicht so glatt gelaufen, wie er sich das gewünscht hatte. Außerdem wartete er darauf, dass Mary noch irgendetwas sagte. „Irgendwelche Pläne für Samstag?“, zum Beispiel. Oder: „Magst du Kirschkuchen immer noch so gern wie früher?“

Auch wenn er vorhatte, seinen Geburtstag nicht groß zu feiern – ein bisschen Aufmerksamkeit wünschte er sich doch.
Aber Mary stand immer noch neben dem Bücherregal und fuhr mit dem Finger über die Bücherrücken, so, als überlegte sie, aus welchem Buch sie der Klasse gleich vorlesen wollte.
Immerhin wusste Madonna, was sich gehörte. Sie hob ihre Pfote und winkte eifrig. „Auf Wiedersehen, Boss! Danke, dass du mich zu Anthony gebracht hast! Anthony ist super!"
„Auf Wiedersehen, Mr. Morrison!", verabschiedete sich die Klasse und endlich winkte auch Mary Cornfield dem Besucher freundlich zu.
Mr. Morrison schritt zur Tür. Die Tiere kicherten verschwörerisch. Gleich würden sie noch mal die Pyramide üben!

11. Kapitel

6:5 für Jo

Nach Unterrichtsschluss standen die Kinder aus Miss Cornfields Klasse um den Teich herum und plauderten.
„Die Party wird toll!“ Anna-Lena klatschte in die Hände. „Ich backe Waffeln!“
„Ich hab noch Feuerwerksraketen daheim“, überlegte Henry. „Soll ich sie mitbringen?“
Juri, Mette-Maja, Rick und Polly planschten im

Schulteich. „Der Boss hat überhaupt nichts gemerkt“, kicherten sie.

Luna war auffallend still.

Als Franka sie fragte, ob sie sich am Nachmittag treffen wollten, schüttelte Luna den Kopf. „Hab zu tun“, murmelte sie.

Franka zuckte mit den Schultern. „Dann eben nicht“, antwortete sie und sprang davon.

Anthony hatte es ebenfalls eilig. Die anderen Kinder aus der Klasse hätten sich noch gern mit ihm unterhalten und vielleicht auch mal Madonna gestreichelt.

Aber Anthony hatte keine Zeit. Er musste seinen Trainingsplan einhalten. Der sah folgendes vor: 13 Uhr bis 13:20 Uhr Ausdauertraining. Danach hundert Torschüsse gegen die Hauswand. Nach dem Mittagessen Bolzplatz.

Anthony war nicht im Fußballverein. Er konnte den Trainer nicht leiden und außerdem wollte er nicht ständig Jo treffen. Jo war sein schärfster Konkurrent. Bei ihm sah alles so leicht aus! Wie mühelos er den Ball ins Tor zirkelte! Kein Wunder, dass ihn alle bewunderten.

Jo stand mit Silas, Yannik und Katinka neben dem Fahrradständer. Silas verkündete gerade, dass er nun doch am Torschützenwettbewerb teilnehmen würde. „Milan hat am Freitag einen Zahnarzttermin, haha!“

Anthony stopfte Madonna in den Rucksack und trabte los.

Ida stand unschlüssig neben den Mülltonnen herum. Sie hatte mit Jo ausgemacht, dass sie sich am Nachmittag im „Eiscafé Roma“ treffen wollten, um Ideen für ihr Referat zu sammeln. Zum Glück hatte sie schon über hundert interessante Menschen auf ihrer Liste stehen: Wissenschaftler, Abenteurer, Forscher und Künstler.

Sie hatten noch gar keine Uhrzeit ausgemacht! Ida zupfte nervös an ihren Haaren.
„Locker bleiben, Rotschopf!", mahnte Rabbat, der in ihren Armen lag. „Er wird sich gleich melden!"
Im selben Moment drehte sich Jo zu Ida und winkte ihr freundlich zu. „Bis später, Ida!", rief er. „Passt dir halb vier?"
Helene und Finja stupsten sich an und kicherten.
„Geht klar!" Ida versuchte, möglichst lässig zu klingen. Doch ihr Herz pochte so heftig, dass es sogar Rabbat spürte.
„Süß", seufzte Rabbat. „Meine Ida ist verliebt."

Anthony erreichte keuchend die Haustür und warf sofort einen Blick auf die Sportuhr, die Henry ihm geliehen hatte.
„Zehn Sekunden zu langsam", schnaufte Anthony und ging direkt nach hinten durch in den Garten. „Mist!"
„Du warst superschnell!", japste eine helle Stimme aus dem Rucksack. „Lässt du mich jetzt raus?"

Anthony streifte den Rucksack ab und schnappte sich den Fußball. Hundert Torschüsse, das war der Plan! Seine Füße zuckten vor Vorfreude.

„Es ist so dunkel hier drin!“, rief die glockenklare Stimme. „Und es muffelt! Nach vergammeltem Pausenbrot! Das mag ich nicht so gern!“ Der Rucksack wackelte hin und her. Machte Madonna Purzelbäume? Die Tasche kam ins Schwanken und kippte schließlich um.

„Autsch!“, quiekte Madonna.

Aber Anthony hörte es nicht. Er war mitten im Training.

Er tänzelte mit dem Fußball über den Rasen und versuchte, die Scheibe aus Pappe zu treffen, die er in den Apfelbaum gehängt hatte. Sie hatte einen Durchmesser von 55 Zentimetern, genau wie die Löcher am Freitag.

Zack! Treffer!

Anthony grinste und versuchte es gleich noch mal.

„Kennst du dich eigentlich aus mit Meerschweinchen?“, piepste Madonna, so laut sie konnte. Ohne eine Antwort abzuwarten, sprach sie weiter: „Ich erklär dir alles! Ich mag Paprika, am liebsten rote, außerdem Petersilie, aber nicht zu viel, du weißt schon, wegen der Oxalsäure, Melisse ist lecker, Kamille auch … Vor allem aber mag ich Frischluft!“ Der Fußball kullerte ins Beet und endlich drehte sich Anthony um.

Sein Rucksack lag umgekippt da. Ach Mist, Madonna!

Anthony schluckte. Es wäre wirklich gut gewesen, wenn er sein magisches Tier erst am Freitag bekommen hätte! Er musste doch Torschüsse üben!

„Mittagessen!“, schallte es aus dem Haus.

Anthony marschierte in die Küche. Hatte er einen Hunger!

Den Rucksack ließ er einfach liegen.

Die verzweifelten Rufe seines Meerschweinchens hörte er nicht.

Anthony schaufelte das Mittagessen in sich hinein. Es gab Spaghetti Bolognese.
„Komm heute mal wieder mit zu Oma und Opa“, bat seine Mutter. „Sie haben dich schon lange nicht mehr gesehen.“
Laura klimperte mit der Gabel gegen den Tellerrand. „Au ja! Dann können wir zusammen Mensch-ärgere-dich-nicht spielen! Ohne dich macht es keinen Spaß!“
Anthony schüttelte den Kopf. „Mama, ich hab wirklich keine Zeit“, sagte er. „Ich muss auf den Bolzplatz! Am Freitag ist der Wettbewerb.“
Seine Mutter seufzte. „Kannst du nicht mal an was anderes als Fußball denken?“
Nein, das konnte Anthony nicht.
Immerhin half er, den Tisch abzuräumen. Danach packte er zwei Wasserflaschen unter den Arm und lief Richtung Bolzplatz.
Anthony war schon 500 Meter vom Haus entfernt, als ihm plötzlich etwas einfiel: Er hatte Madonna vergessen!

Mist, nun ging ihm wertvolle Trainingszeit verloren! Aber Mr. Morrison hatte ihm ein magisches Tier anvertraut, er musste wenigstens so tun, als würde er sich kümmern.

Anthony kehrte um, packte sich den Schulrucksack auf den Rücken und flitzte noch mal los.

Zu seiner Überraschung war der Bolzplatz bereits besetzt: Von Jo! Und wer stand im Tor? Juri!

Juri schwenkte eine bunte Schirmmütze hin und her, Jo schoss.

Er traf das Ziel mit einer Lässigkeit, dass Anthony die Spucke wegblieb. Die Schirmmütze war viel kleiner als die vorgeschriebenen 55 Zentimeter – und Jo traf trotzdem!

„Gleich noch mal", rief Juri. Jo holte aus – der nächste Treffer!

Juri hüpfte vor Freude in die Luft. Anthony konnte die Worte des Pinguins nicht verstehen. Aber er konnte erkennen, dass er Jo anspornte. Jo und sein Pinguin wiederholten das Spiel mehrere Male. Manchmal traf Jo, manchmal traf er

nicht. Wenn er nicht traf, hielt er sich nicht lange damit auf, sondern machte einfach fröhlich weiter.
Anthony legte gerade seinen Rucksack am Spielfeldrand ab, als Jo ihn entdeckte.
„Hey, Anthony!“, rief er. „Wo steckt Madonna? Trainiert sie mit dir?“
Anthony senkte den Kopf. Er schämte sich, weil er so ein kleines Tier bekommen hatte. Und fühlte sich gleichzeitig ertappt. Musste ihm Jo jetzt auch noch sagen, was er zu tun hatte?
Trotzdem blieb ihm nichts anders übrig, als den Rucksack zu öffnen.
Madonna purzelte heraus, guckte Anthony in die Augen – und verzieh ihm sofort.
„Oh, frischer Klee! Wie lecker! Danke, lieber Anthony, dass du mir die Freiheit geschenkt hast.“ Sie trippelte davon und zwinkerte Anthony zu. „Geh ruhig Fußball spielen. Wenn du Hilfe brauchst – ich bin ganz in deiner Nähe!“
Anthony verzog das Gesicht. Wie wollte ihm das Meerschweinchen bitte helfen?

Jo und Juri schoben sich locker den Ball zu, Anthony beobachtete sie neidisch. Ein Meerschweinchen konnte höchstens einen Tischtennisball rollen!
„Bereit für den Wettbewerb?“, fragte Jo. „Wer als Erster sechs Treffer hat?“
Anthony nickte und straffte die Schultern.
„Generalprobe für Freitag! Du fängst an!“
Jo legte den Fußball zurecht, Juri streckte die Mütze hoch. Er hatte null Komma null Angst, dass Jo ihm den Ball aus Versehen an den Kopf donnerte. Sein Vertrauen in seinen Gefährten war grenzenlos!
Jo schoss.
Bong!
Treffer!
Juri jubelte.
Anthony war dran. Er nahm Anlauf – daneben.
„Das war fast ein Treffer, noch mal!“, quiekte Madonna vom Spielfeldrand und schwenkte eine Kleeblüte.
Anthony schnaufte. Von wegen Treffer!
Den nächsten Ball verschoss Jo, dafür gelang Anthony ein Schuss.

„Super!“, rief Madonna. „Darf ich mitspielen?“
Anthony beachtete sie nicht. Er musste sich konzentrieren!
Bald stand es 2 : 2. Während Jo immer lockerer wurde, verkrampfte Anthony mehr und mehr. Der nächste Ball landete in der Hecke.
„Kann jedem mal passieren“, rief Jo gönnerhaft und knallte den Ball lässig ins Tor.
3 : 2 für Jo.
„Einfach weitermachen!“, rief Madonna und hüpfte auf und ab. „Schüttele mal die Beine durch!“, riet Jo.
Anthony guckte finster. Er wollte keine Ratschläge! Weder von Jo, noch von einem kleinen Meerschweinchen.
Am Schluss gewann Jo mit einem hauchdünnen Vorsprung von 6 : 5.
„Du bist echt gut“, sagte Jo und klopfte Anthony auf die Schultern.
Anthony schnaubte und guckte zu Madonna. Das Meerschweinchen schwenkte noch immer die Kleeblüte. Sah das albern aus!

Enttäuscht schlurfte er nach Hause, in seinem Rucksack trug er Madonna.

Anthony schniefte.

Er hatte verloren.

Und so ein doofes Tier bekommen.

12. Kapitel

Hoffnungsschimmer

Obwohl draußen die Sonne schien, verbrachten Luna und Salim den Mittwochnachmittag zu Hause. Alles war so wunderbar vertraut. Luna mochte es, wenn das Licht schräg durch das Rollo fiel und helle Punkte auf den Boden zauberte. Sie mochte die Pappel vor dem Haus und ihr Bett, das so weich und gemütlich war.

„Das Himmelbett darfst du ja mitnehmen“, flüsterte Salim und knabberte an Lunas Ohr.

„Schon“, jammerte Luna. „Aber in dem neuen Zimmer wird es anders riechen. Es wird größer sein oder kleiner, jedenfalls nicht so wie hier. Und die neue Schule … Ohne Miss Cornfield! Ohne die magischen Tiere. Ach, ich mag gar nicht dran denken!“

Ihr Blick wanderte durch das Zimmer. Im Laufe der Jahre hatte sie immer wieder umgeräumt. Als sie ein Kindergartenkind war, spazierten Schneewittchen und die sieben Zwerge über die Wand. Danach kamen rosarote Einhörner dran.

Die Märchen- und Fabelwesen waren längst verschwunden, seit zwei Wochen stand da: „Franka ist cool!“ Sie selbst hatte es mit schwarzem Nagellack an die Wand gepinselt, als Franka bei ihr übernachtet hatte.

„Luna ist noch viel cooler“, hatte Franka daneben geschrieben. Die Farbe war ein wenig verlaufen, weil Franka beim Schreiben die Finger gespreizt hatte. Sie hatten sich kurz zuvor die Nägel angemalt, die Farbe musste erst noch trocknen.

Luna spürte ein Ziehen im Bauch.

Auch Salim war es schwer ums Herz. Er betrachtete gerade ein anderes Kunstwerk: Falkenkralle und Rattenfuß. Es waren Fußabdrücke über Lunas Nachtkästchen.
Vor etwa drei Wochen hatten sich die beiden Mädchen ein pinkfarbenes Stempelkissen besorgt, die Füße ihrer Tiere hinein- und anschließend gegen die Wand gedrückt. Am Schluss hatten sie Blümchen drum herum gemalt.
Und vor zwei Tagen war ein weiterer Freundschaftsbeweis hinzugekommen. Damals, am Montag, hatte Luna von den Plänen ihrer Eltern noch nichts gewusst. Luna und Franka hatten für ihr Referat Songtexte von *Tausendsassa* abgeschrieben.
Nach dem Referat tauschten sie ihre Blätter. Franka hatte das Lied von Luna bekommen, Luna das von Franka. *„Jeder Abschied ist ein bisschen wie Sterben. Nicht wahr, kleiner Stern im Sand?“*
Dieser Text hing jetzt in Frankas Schrift über dem Schreibtisch. Wie lange noch?
Luna schluckte.

In der Schule hatte sie es einfach nicht übers Herz gebracht, Franka von den schrecklichen Neuigkeiten zu erzählen. Sie wusste einfach nicht, wie sie es sagen sollte.
„Ich ziehe weg, das ist schade, aber meine Eltern zwingen mich dazu! Du wirst mir fehlen, liebe Franka!“ Sie würde einfach nur in Tränen ausbrechen und nie wieder aufhören zu weinen.
Ihre Eltern hatten alles allein entschieden. Der Möbelwagen war für Samstag bestellt. Ihre Eltern würden sie einfach mitnehmen, entführen! Weg von ihren Freunden, weg von ihrem Leben. Luna und Salim würden nicht dabei sein, wenn die Klasse und die magischen Tiere Mr. Morrisons Geburtstag feierten.
Dann sollte es so sein. Das war ihr Schicksal.
Und zum Glück, zum Glück war Salim bei ihr.
Aber wie sollte sie das alles Franka erklären? Sie hatte noch nie von jemandem Abschied nehmen müssen! Sollte sie einen Brief schreiben? Oje, das Leben war so ungerecht.

Luna trommelte mit der flachen Hand auf die Matratze, damit Salim sich neben sie setzte. „Ein Wechsel mitten im Schuljahr, was Dooferes gibt es nicht."

Salim kam angeflattert. Normalerweise sprach der Falke nicht gern über Dinge in der Vergangenheit, er blickte lieber nach vorn. Doch heute machte er für Luna eine Ausnahme. „Als Mr. Morrison in meine Heimat kam, um mich abzuholen, musste ich mich ganz schnell entscheiden." Er sah sie mit seinen tiefschwarzen Augen an. „Ich hatte nur wenig Zeit, um mich von meinen Freunden zu verabschieden. Das ist mir nicht leicht gefallen."

Luna wusste, dass der Falke genauso wenig wegwollte wie sie. Und trotzdem versuchte er, ihr zu helfen!

„Du bist so tapfer!“, flüsterte sie und fuhr mit der Hand durch Salims Federkleid. „Mein tapferer Märchenprinz!“

„Aber ich habe es keine Sekunde bereut“, erzählte Salim weiter. „Jetzt bin ich bei dir und so glücklich wie noch nie in meinem Leben …“

„Danke, Mr. Morrison!“, sagte Luna leise. „Danke, Salim, dass du mit ihm gekommen bist!“ Sie nahm den Falken in beide Hände und gab ihm einen dicken Kuss auf die Schnabelspitze: „Schmatz!“ Und gleich noch mal: „Schmatz!“

Bei diesem Geräusch mussten beide lachen und auf einmal veränderte sich die Stimmung in Lunas Zimmer.

Die Punkte auf dem Boden begannen zu tanzen und plötzlich hörte Luna ihre Mutter im Badezimmer herumklappern und dabei singen. Sie freute sich so auf ihren neuen Job!

Klar, Lunas Mutter liebte es, in die Welt des Mittelalters einzutauchen. Sie sang Minnelieder und spielte Laute. Und Luna hatte sie damit angesteckt.

Manchmal schlüpfte Luna nur zum Spaß in ihr taubenblaues Rüschenkleid und schritt darin auf und ab wie eine Hofdame – natürlich mit Falke auf dem Arm.

Auch für ihren Vater war es bestimmt gut wegzukommen. Er war mit seinem Chef nicht gut ausgekommen, das wusste sie. Es hatte Streit gegeben wegen einer Sache, die Luna nicht genau verstand.

Luna seufzte. Sie wollte kein Spielverderber sein. Und Salim, der wollte das auch nicht!

„Wir schaffen das schon in der neuen Stadt", sagte er vorsichtig.

Luna nickte. „Na ja", antwortete sie. „Wenigstens kann ich da ein Instrument lernen. Und vielleicht darf ich im Schulorchester mitspielen. Das ist bestimmt total schön, mit anderen Kindern Musik zu machen." Salim streckte sich.

„Darf ich zu den Proben mitkommen?", wollte er wissen. „Ich kann mich im Cellokasten verstecken! Oder in deinem Rucksack! Auf keinen Fall will ich ständig versteinern!"

Luna setzte sich mit einem Ruck auf. Daran hatte sie noch gar nicht gedacht: An der neuen Schule konnte sich Salim im Klassenzimmer ja gar nicht frei bewegen! „Verkleide dich als Blaumeise", schlug sie vor.
„Warum nicht gleich als Papagei?", lachte Salim.
Sie überlegten hin und her.
„Notfalls häkle ich eine Umhängetasche mit vielen Luftlöchern", versprach Luna.
Salim legte den Kopf schief. „Das hört sich doch gar nicht so schlecht an. Du spielst Mozart mit deinen neuen Freunden und ich hör dir zu. Ja, das wird fein!"

13. Kapitel

Im Eiscafé Roma

Nach dem Ausflug zum Bolzplatz stellten sich Jo und Juri unter die Dusche.

„Das Camp am Gardasee klingt echt cool!“ Jo rieb sich seine Ohren mit Seife ein.

„Meinst du, dieser Mario Winkler mag Pinguine?“, fragte Juri und legte den Hebel um. Jetzt war das Wasser eiskalt.

„Juri!“ Jo schüttelte sich und sprang zur Seite. „Ich

komme nicht wie du aus der Antarktis!" Der Schaum quoll aus seinen Ohren.

„Na gut." Juri drehte den Hebel wieder ein Stück zurück und streckte den weißen Bauch nach vorn: Er liebte es, wenn das Wasser auf seinen Körper prasselte!

„Klar mag Mario Pinguine", antwortete Jo. „Kennst du irgendjemanden, der keine Pinguine mag?" Jo beeilte sich: Haare waschen, Ohren ausspülen, fertig.

Er stieg aus der Kabine, um sich abzurubbeln.

Juri planschte weiter vor sich hin – mit eiskaltem Wasser – und quietschte vor Vergnügen. „Vielleicht gewinnst du ja auch gar nicht!", rief er hinter dem Vorhang hervor.

„Auch nicht schlimm!" Jo verteilte Gel in seinen Haaren. „Dann machen wir beide Urlaub an der Nordsee! Wir fahren mit dem Krabbenkutter raus aufs Meer und gammeln im Strandkorb rum. Beeilung, wir sind verabredet!"

„Komm ja schon!", lachte Juri und sprang mit einem beherzten Hopser aus der Dusche. Er ließ sich von Jo abtrocknen, dann watschelte er in Jos Zimmer.

Vor dem Kleiderschrank blieb Juri stehen. „Was ziehst du an? Was hältst du von dem Glückspilz-T-Shirt?"
Jo trat neben ihn, mit einem Handtuch um die Hüften. „Das brauche ich übermorgen", antwortete Jo und entschied sich stattdessen für ein weißes, frisch gebügeltes Hemd.

Ida und Rabbat standen ebenfalls vor dem Spiegel. „Knips dir unbedingt die Glitzerohrringe an, Rotschopf", riet Rabbat. „Die sehen toll aus!" Aufgeregt tänzelte er um Ida herum. „Und vielleicht das grüne Kleid?" Das fand Ida dann doch etwas übertrieben. Schließlich ging sie nicht zu einem Ball, sondern zu einem Arbeitstreffen.
Sie ließ die Jeans an, die sie schon am Vormittag in der Schule getragen hatte und schlüpfte in das Oberteil, das sie kürzlich mit ihrer Mutter gekauft hatte: ein weißes T-Shirt mit kleinen Kakteen darauf.
„Sehr hübsch", freute sich Rabbat und hüpfte zur Tür. „Los, nicht dass wir zu spät kommen!"

Der Fuchs lief vorneweg, Ida hinterher. Wie gut, dass sie Rabbat immer an ihrer Seite hatte! Ihr Herz klopfte nur ein ganz kleines bisschen.

Jo und Juri warteten schon vor dem Eiscafé.

„Hallo, Jo, hallo, Juri!", riefen Ida und Rabbat.

„Hallo, ihr beiden!" Jo hielt die Tür auf. „Nehmen wir wie immer den Tisch in der Ecke? Dort können wir gut unsere Tiere füttern!" Ida und Jo suchten sich zwei Stühle und nahmen ihre Tiere auf den Schoß.

„Zitroneneis!", quäkte der Pinguin.

„Erdbeerbecher!", drängelte Rabbat.

Ida und Jo guckten einander an. Und holten tief Luft.

„Kannst du das nicht ein bisschen netter sagen?", riefen beide gleichzeitig.

Die beiden Tiere rutschten verlegen hin und her.

Juri fragte artig: „Könnte ich bitte ein großes Zitroneneis haben? Mit zwei Löffeln, bitteschön!"

Und Rabbat streckte brav die Pfote in die Luft: „Ein Erdbeerbecher wäre fein!" Ida und Jo lachten.

Als sie sich kurz darauf das Eis schmecken ließen, zog Ida ein eng beschriebenes Blatt Papier aus der Tasche. „Ich hab schon mal ein paar superinteressante Menschen aufgelistet“, begann sie. „Schau mal.“

Jo warf einen Blick auf Idas Blatt. „Marie Curie?“ Er ließ das Eis auf der Zunge schmelzen. „Wer soll denn das bitte sein?“

„Sie wurde 1867 in Polen geboren“, sprudelte es aus Ida hervor. „Und gewann gleich zweimal den Nobelpreis. Einmal in Chemie, einmal in Physik. Übrigens zusammen mit ihrem Mann Pierre und ihrem Kollegen Henri Becquerel. Der ist auch interessant!“

„Och nö.“ Jo schüttelte den Kopf. „Wen hast du denn noch auf der Liste?“

„Mahatma Gandhi, den Kämpfer für Frieden ohne Gewalt“, zählte Ida auf. „Dann natürlich Gutenberg, den Erfinder des Buchdrucks, eine Anwältin für Menschenrechte, Moment, ich kann den Namen gerade nicht lesen …“ Sie hielt sich das Blatt vor die Nase. „Dann hab ich Frieda Kahlo, eine Künstlerin.“

Jo stocherte in seinem Eis.
Aber Ida war längst noch nicht fertig. „Wie wäre es mit Maria Sibylla Merian, Malerin, Kupferstecherin und Wissenschaftlerin? Oder Jane Goodall, sie schützt in Tansania den Lebensraum der Schimpansen!"
„Macht bestimmt Yannik", warf Jo ein.
„Der hat doch schon mit Silas diesen Graffiti-Typen vorgestellt", erinnerte ihn Ida. „Wen würdest du denn gern nehmen?"
Jo kratzte den letzten Rest Zitroneneis aus dem Schälchen. „Usain Bolt? Den schnellsten Mann der Welt? Cristiano Ronaldo, Fußballstar aus Portugal?"
Das waren die ersten beiden Namen, die ihm einfielen.
„Keine Sportler!" Ida gähnte. „Wir sollen eine Persönlichkeit nehmen, die uns wirklich interessiert. Hat Miss Cornfield gesagt!"
Ratlos sahen sie sich an.
Plötzlich hatte Rabbat eine Idee. Eine bedeutende Persönlichkeit war gesucht? Er beugte sich über den Tisch und flüsterte Juri etwas zu. Der kicherte.

Ida und Jo warteten gespannt. Was heckten die beiden Tiere aus?
Als Pinguin und Fuchs ihren Vorschlag verkündeten, begannen Ida und Jo zu strahlen. Die Idee der Tiere war super!
Aber wie kamen sie an die nötigen Informationen?
„Auch hier helfen wir gern!", versprach Rabbat.
„Dafür sind wir schließlich da", ergänzte Juri.
Und schon rutschten die Tiere von den Knien ihrer Gefährten und liefen nach draußen. Ganz selbstverständlich bahnten sie sich einen Weg durch die Eisdiele. Nicht einmal die Bedienung beachtete sie. Nur ein kleines Mädchen, vielleicht drei Jahre alt, streckte seinen Zeigefinger aus. „Guck mal, Tante Kathi!", rief es. „So ein süßer Hund! Der sieht aus wie der Fuchs in meinem Bilderbuch!"
Die Frau blickte überrascht auf. „Was sagst du da, Schatz? Hunde dürfen hier nicht rein!"
Plötzlich saßen Ida und Jo alleine da.
Sie unterhielten sich über die Schule, über Mortimers Party und über das Casting am Freitag.

Ida fand es super, dass auch ein paar Mädchen aus der Klasse mitmachen wollten. „Es geht einfach darum, dass Mädchen und Jungen die gleichen Chancen haben", erklärte sie Jo. „Wusstest du, dass in Saudi-Arabien Frauen bis vor Kurzem nicht mal Auto fahren durften? Und dass weltweit viel weniger Mädchen als Jungen die Schule besuchen?"

Wie zuvor ihre Tiere hatten sie ihre Köpfe zusammengesteckt.

Sie sprachen über Jos großen Bruder, der ausgezogen war.

Über die witzige Straßenkunst von Banksy.

Über die Wassertemperatur in der Antarktis.

Als die Tiere zurückkamen, flogen ihre Köpfe auseinander. „Hallo, Rabbat! Hallo, Juri!“, riefen beide Kinder gleichzeitig.
Die Tiere blieben überrascht stehen.
Rabbat sprang auf Idas Schoß. „Du wolltest ihn gerade küssen, stimmt’s?“
Juri stupste Jo an: „Habt ihr Händchen gehalten?“
Beide Kinder wurden knallrot. Zum Glück konnte jeder nur sein eigenes Tier verstehen.

14. Kapitel

Endlich Ruhe!

Anthony und Madonna kamen einfach nicht miteinander klar. „Fast hätte ich gewonnen!“ Anthony stand vor dem Kühlschrank und raufte sich die Haare. „Wenn Jo mir einen Nachschuss gegönnt hätte, wäre es bestimmt unentschieden ausgegangen!“

Madonna, die auf dem Küchentisch saß, wackelte mit dem Näschen. „Na ja, Hauptsache ist doch, du hattest Spaß, oder?“

„Spaß!", schnaubte Anthony und ließ sich auf einen Stuhl plumpsen. „Darum geht es doch nicht! Es geht darum, dass ich am Freitag das Fußball-Casting gewinne!"

„Ah, verstehe: Am Freitag ist Fußball und am Samstag ist Mortimers Party", wiederholte das Meerschweinchenmädchen. „Kannst du schon den Text für das Geburtstagslied? Lass uns zusammen üben! Sonst muss mir Zeki vorsagen!" Sie waren allein in der Küche. Anthonys Vater war noch in der Arbeit. Seine Mutter und Laura besuchten Oma und Opa.

„Erzählst du mir aus deinem Leben?", bat Madonna. „Wie heißen deine Freunde? Was ist dein Lieblingsessen? Bist du schon mal in Mortimers Bus mitgefahren?" Anthony stand wieder auf und öffnete den Kühlschrank. Obst, Joghurt – das brauchte er jetzt. Madonna ließ sich nicht abwimmeln. „Also, ich, ich stamme aus Chile. In meinen Adern fließt das Blut der wilden Meerschweine der Berge. Ich aber lebte bei einer Frau, Señora Lopez. Sie hat sich überhaupt nicht um mich gekümmert. Ich war tagaus, tagein allein in einem Käfig und schrecklich einsam. Als mal die Käfigtür offenstand, lief ich davon. Raus aus der Wohnung, Treppe runter. Ich hoppelte gerade durch eine Eukalyptusplantage, da kam ein roter Omnibus vorbei. Mortimer! Oh, wie habe ich mich gefreut!“ Das Meerschweinchen lächelte. „Warst du schon mal in Chile?“

Anthony war mit seinen Gedanken überall, bloß nicht in Chile. Seit er laufen konnte, wollte er Fußballprofi werden. Fußballstars fuhren schnelle Autos, verdienten Millionen und wurden von allen Leuten bewundert. Das Beste aber war: Ihre Arbeit bestand ausschließlich darin, über einen grünen, kurz geschorenen Rasen zu flitzen und ab und zu den Ball ins Tor zu knallen.

Würde er siegen? Würde er den Platz im Camp ergattern?

Madonna ahnte nicht, welche Sorgen Anthony quälten. Sie zählte alle Pflanzen auf, die in Chile wuchsen: „Da gibt es Honigpalmen, Kiefernplantagen, Magnolien, Feuerbohnen, Bambus …“

Anthony hielt sich die Ohren zu, während er sich einen Obstsalat schnippelte.
„Ui, kann ich auch was haben? Ohne Schale bitte, die schmeckt bitter!"
Schon wieder fiepte das kleine Ding herum. Anthony wollte seine Fußballschuhe abstreifen, als Madonna quiekte: „Bloß nicht! Das wird stinken! Wie auf eurem Schulklo!"
„Woher kennst du unser Schulklo?", fragte Anthony verblüfft.
„William hat es mir gezeigt!", verriet Madonna. „Dabei darf ich eigentlich gar nicht auf das Jungenklo!" Sie kicherte. „Morgen bin ich mit Sydney unterwegs. Die sind alle so nett!"
Anthony staunte, wie gut sich Madonna schon in der Schule auskannte. Ihm war gar nicht aufgefallen, dass sie sich mit den anderen Tieren angefreundet hatte. Vielleicht sollte er sich doch mehr um sie kümmern …
„Krieg ich jetzt ein bisschen Apfel?" Das Meerschweinchen guckte ihn mit großen Augen an. Anthony pfefferte ein Stück Obst auf den Tisch.

Madonna mümmelte still und bescheiden vor sich hin und reizte Anthony dadurch noch viel mehr. Auf einmal bekam er richtig schlechte Laune.

Der Apfel hatte braune Flecken.

Mama und Laura waren nicht da.

Jo war besser als er.

Und Madonna war ganz sicher nicht das Tier, das zu ihm passte. Er brauchte einen Siegertypen an der Seite! Jemand, der ihn aufbaute und motivierte! Und nicht über Tannennadeln und Bohnen sprach!

Auf einmal hatte Anthony das Gefühl, dass er ohne Madonna besser dran war. Und sie ohne ihn. Sie passten einfach nicht zusammen!

Ob er Mr. Morrison doch schreiben sollte?

Sein Blick fiel aus dem Fenster und auf Lauras Meerschweinchenbande, die fröhlich durchs Gehege hoppelte.

Ein Geistesblitz durchzuckte ihn. Da draußen gab es Gras und Futter und Wasser – alles, was ein Meerschweinchen brauchte. Dort konnte Madonna doch ein Weilchen bleiben, oder?

Und am Freitag konnte er ja immer noch entscheiden, ob er sie in die magische Zoohandlung zurückbrachte oder nicht. Eine Welle der Erleichterung schwappte durch seinen Körper.

„Auf geht's!“ Er nahm Madonna hoch und trug sie nach draußen. Sie knabberte vertrauensvoll an seinen Fingernägeln.

„Darf ich vorstellen?“ Anthony beugte sich über den Auslauf. „Deine Artgenossen.“ Er setzte das verdutzte Tier hinein. „Hier hast du Gesellschaft“, sagte er. „Bis später!“

Schnell drehte er sich weg und rannte ins Haus, ohne sich noch einmal umzusehen. Endlich Ruhe!

Endlich Zeit, sich noch mal die Trainingsbücher durchzusehen!

Sogar Mr. Morrison machte an diesem Mittwochnachmittag Sport. Er stemmte Gewichte, zusammen mit Murphy, dem Eisbären. „Hopp, hopp!“, kommandierte Murphy. „Und jetzt in die Knie!“

Die Übung trieb Mortimer Schweißtropfen auf die Stirn. Er wollte aufhören, aber Murphy ließ ihn nicht. „Du brauchst Bewegung, Boss! Sonst rosten die Knochen ein! Bald wirst du wieder ein Jahr älter!"
Mortimer ächzte. Murphy wusste also, dass er am Samstag Geburtstag hatte. Und Pinkie wusste es auch. Aber wusste es Mary? Sie hatte sich immer noch nicht gemeldet. Hatte sie ihn tatsächlich vergessen?
Sein Plan sah so aus: Erst wollte er mit Mary frühstücken und seine Geschenke auspacken. Danach würde er aufbrechen zu einem Ausflug – zusammen mit Pinkie, seiner magischen Gefährtin! Zwar war ihm das Buch mit den Ausflugstipps abhandengekommen, aber er würde schon ein schönes Ziel finden.
„Gleich noch mal, Boss!", kommandierte Murphy. „Fitness ist das halbe Leben! Los geht's!"
Mortimer hob die Hanteln hoch und stöhnte. „Und eins! Und zwei …"

15. Kapitel

Salim verplappert sich

Am Donnerstag standen drei Referate an.
Helene und Katinka stellten die Modedesignerin Coco Chanel vor, Hatice und Leonie sprachen über eine Weltklasse-Springreiterin und Lothar und Ronja zeigten Bilder von Dirk Nowitzki. „2,13 Meter groß, geboren in Würzburg und einer der besten Basketballspieler der Welt!“
In Kunst beschäftigten sie sich mit Kartoffeldruck.

Die Kinder standen um die Tische herum und bastelten Stempel.
Ida wollte einen kleinen Fuchs haben. Anna-Lena schnitzte ein Herz und Finja eine Kerze. Die wollten sie später auf ein Plakat drucken – als Dekoration für Mortimers Party.
Matteo versuchte sich am Schulskelett Wunibald von Winterstein. Leider sah der Knochenmann eher aus wie eine seltsam geformte Fischgräte. Die kleine Knolle, die er in der Hand hielt, erinnerte Matteo an das magische Tier, das Anthony am Tag zuvor bekommen hatte. „Wo steckt eigentlich deine kleine Kartoffel?", fragte er.
„Das haben wir uns auch gerade gefragt, Eugenia und ich!" Eddie, der supergut in Kunst war, nahm Matteo die Fischgräte aus der Hand. „Lass mich mal!" Mit geübten Handgriffen schnitzte er einen sehr coolen Stempel: Wunibald von Winterstein, wie er leibte und lebte, äh, gelebt hatte.
„Genauerich!", piepste es aus dem Ärmel. „Wo steckterich unsere neueriche Freundin?"

Anthony zuckte mit den Schultern. „Zu Hause“, sagte er knapp und klatschte einen Kreis aufs Papier. Einen Ball.

In der Pause verplapperte sich Salim.

Wie so oft waren alle Kinder mit ihren magischen Tieren im Schulgarten. Toffi pinkelte in die Rosenbüsche, Tingo und Sydney machten Bocksprünge, Peperoni schnüffelte an den Mülltonnen herum.

Salim duckte sich ins Gras, damit Cooper auf seinen Rücken klettern konnte. Sie umkreisten die Bäume, guckten bei Herrn Siegmann durchs Fenster und schossen im Sturzflug Richtung Gemüsegarten. Die Tomaten wurden langsam reif.

„Schade, dass Luna sie nicht mehr ernten kann“, sagte Salim und schraubte sich durch die Luftmassen nach oben. „Sie hatte sich schon so darauf gefreut.“

„Was meinst du?“, wunderte sich Cooper. Er hatte seine Pfoten eng um Salims Hals geschlungen. „Hat sie eine Tomatenallergie?“

Ups. Salim antwortete nichts. Stattdessen tropfte mit einem Mal eine dicke Träne aus seinem schwarzen Falkenauge! Cooper erschrak. Salim war ein stolzer Kerl, er weinte nie! „Möchtest du mir irgendwas erzählen?“, fragte er vorsichtig.
Salim nickte und landete auf einem dicken Eichenast. Und dann brach es aus ihm heraus. „Luna und ich, wir werden euch verlassen!“, schniefte er. „Ihre Eltern planen einen Umzug. Luna hat schon alle Unterhosen in einen Karton gepackt. Alle außer zwei. Mehr braucht sie nicht mehr.“
Cooper war geschockt. Die Menschen hatten Regeln, das wusste er. Eine davon lautete: Jeden Morgen eine frische Unterhose anziehen. Heute war Donnerstag. Das bedeutete ja … „Am Samstag seid ihr schon weg?“ Coopers Stimme wurde heiser.
„Ja“, nickte der Falke traurig. „Wir müssen Abschied nehmen.“
Cooper drückte seine Krallen tief in die Baumrinde. „Was soll ich denn ohne dich machen?“, fragte er kläglich. „Und was soll Franka ohne Luna machen?

Franka braucht so dringend eine Freundin! Soll sie etwa mit Helene shoppen gehen?" Der Gedanke war so abwegig, dass Cooper schlecht wurde.

„Steig auf!", murmelte Salim. „Wir müssen zurück."
Cooper schüttelte den Kopf. „Ich muss jetzt lernen, allein zurecht zu kommen", stieß er hervor. „Schönen Dank auch!" Mit dem Kopf voraus kletterte er den Baum hinab und flitzte zu Franka.
Salim sah, dass Franka blass wurde. Ihre Augen blitzten. Und sie warf Luna einen bitterbösen Blick zu.
Der Falke zog den Kopf ein. Das Gespräch war nicht gut gelaufen. Er flog zu Luna und schmiegte sich an ihre Wange. „Franka weiß Bescheid", flüsterte er. „Es ist mir einfach so rausgerutscht. Entschuldigung!"
Auch Luna wurde blass – dann streichelte sie Salim über den Kopf. „Schon gut", murmelte sie. „Ich kann die Nachricht sowieso nicht länger geheim halten. Irgendwann werden es alle erfahren."
Und genauso kam es.

16. Kapitel

Der Neue

In der nächsten Stunde, Miss Cornfield wollte gerade mit einem Diktat beginnen, klopfte es an der Tür. Es war Herr Siegmann, der Direktor. „Störe ich?", fragte er höflich. Er trug blitzblank geputzte Lederschuhe, Fliege und Anzug. Neben ihm stand ein blasser Junge, der verlegen mit seinen Händen spielte. „Aber nein", Miss Cornfield räusperte sich. Alle Tiere versteinerten blitzschnell.

Herr Siegmann schob den Jungen beherzt in Richtung Lehrerpult. Der Junge war mittelgroß, trug einen dunkelblauen Pulli und hatte Segelohren.
„Das ist Oliver“, verkündete Herr Siegmann. „Er ist frisch in unsere Stadt gezogen. Da in eurer Klasse bald ein Wegzug stattfindet, dachte ich, ich stecke Oliver zu euch.“
Die Kinder rissen die Köpfe hoch.
Was? Jemand ging fort? Wer denn?
Einige Kinder sprangen auf. Andere hielten sich erschrocken die Hände vor den Mund.
Franka, die weit von Luna weggerückt war, blickte wie festgefroren nach vorn und verzog keine Miene.
Ida schnippte mit den Fingern. „Was meinen Sie? Wer zieht weg? Das geht doch nicht! Wir sind eine Gemeinschaft! Wir gehören zusammen!“
„Genauerich!“, piepste es empört aus Eddies Federmäppchen.
Salim löste sich aus seiner Versteinerung und kletterte auf Lunas Unterarm. „Gleich geht ein Gewitter los“, flüsterte er in ihr Ohr. „Ich bin bei dir!“

Der Direktor marschierte durch die Reihen und ließ den blassen Jungen allein vorn stehen. Ida ahnte, wie er sich fühlte: hilflos und verzagt. Ihr war es zu Beginn des Schuljahres genauso ergangen.
Weil der Neue nicht wusste, wo er hinschauen sollte, guckte er Richtung Fenster. Und zuckte zusammen. Saß auf dem Fensterbrett tatsächlich ein Flamingo? Mit gekreuzten Beinen und Handtäschchen?
Er schüttelte sich. Dann blickte er wieder in die Klasse, wo sich der Direktor noch immer seinen Weg durch die Reihen bahnte. Jetzt stieg er über ein Plastikkrokodil!

Vor einem Mädchen mit langen, blonden Haaren blieb er stehen. Auf ihrem Arm saß ein Falke aus Stoff. Anschauungsmaterial für den Sachkundeunterricht? Direktor Siegmann schlug die Hacken zusammen. „Wie ihr wisst, wird uns Luna Nadolny am Wochenende verlassen. Ihre Eltern waren gestern in meinem Büro, um ihre Tochter abzumelden. Sehr bedauerlich!“ Er deutete eine Verbeugung an. „Du warst eine verantwortungsvolle und fleißige Schülerin! Ich denke mit Stolz an euer Theaterstück zurück. Ihr habt Robin Hood gespielt und du, Luna, warst eine wundervolle Maid Marian. Wundervoll!“

„Verantwortungsvoll und fleißig?“, krächzte Muriel. „Echt jetzt?“

„Du ziehst weg, Luna?“, rief Ronja. „Warum hast du denn nichts gesagt?“

„Was ist mit Salim?“ Toffi legte die Ohren an. „Geht er mit?“

Miss Cornfield war genauso überrascht wie die Kinder und ihre Tiere. Herr Siegmann hatte sie nicht informiert! Sie wusste weder etwas von dem neuen Schüler, noch wusste sie, dass Luna Nadolny wegzog. Verblüfft wartete sie ab. Und überlegte fieberhaft, wie sie beiden Kindern helfen konnte. Sie sah, wie unwohl sie sich fühlten.

Herr Siegmann lächelte Luna an. „Deine Eltern haben mir erzählt, wie sehr du dich auf den Neuanfang freust. Viel Glück!“

„Verräterin!“, zischte Franka. Cooper zupfte verlegen an seinen Barthaaren. Auch er fühlte sich betrogen. Es war gerade mal zehn Minuten her, dass Salim ihm von dem Umzug erzählt hatte. Dabei wusste selbst der Direktor längst Bescheid! Das war bitter, sehr bitter.

Plötzlich plapperten alle durcheinander.

„Du kannst nicht einfach weggehen!“, protestierte Benni, der Veränderungen nicht mochte.

„Arme Luna!“, rief Anna-Lena, die spürte, wie unglücklich Luna war. „Verpetzt du jetzt unser Geheimnis?“, schimpfte Yannik.

„Sch!“, machte Miss Cornfield und hielt den Zeigefinger an den Mund.

„Warum haben wir überhaupt noch das blöde Referat gehalten?“, fauchte Franka. „Du hast mich angelogen, Luna! Du brauchst gar keine gute Note mehr! Eine feine Freundin bist du!“ Luna senkte den Blick.

Herr Siegmann ließ sich von dem Durcheinander nicht aus der Ruhe bringen. Er wandte sich an Oliver. „Das ist eine außergewöhnlich nette Klasse.“ Er klopfte dem Neuankömmling aufmunternd auf die Schulter. „Und Miss Cornfield ist eine äußerst engagierte Lehrerin.“ Er marschierte zur Tür. „Ich bin mir sicher, du wirst dich rasch eingewöhnen!“

Oliver war sich da nicht so sicher. Wer hatte schon Lust, in eine Klasse zu kommen, in der alle miteinander stritten?

Kaum war der Direktor verschwunden, brach ein Gewitter los. Genauso, wie Salim es vorausgesagt hatte.

„Habt ihr gehört, was der Siegmann gesagt hat?", giftete Helene. „Sie freut sich darauf, endlich von uns wegzukommen!"

„Mondiö!", schnaufte Karajan. Wie auch die anderen Tiere löste er sich aus seiner Versteinerung. „Das ischt nischt die feine französische Art."

„Luna, sag, dass das nicht wahr ist!", rief Benni. „Wir sind hier in der Schule der magischen Tiere! Die verlässt man doch nicht einfach so!" Auf seiner Handfläche hockte Henrietta, seine Schildkröte.

Ida kletterte auf einen Stuhl. „Luna kann doch nichts dafür!", rief sie. Der Fuchs, der auf dem Parkettboden hockte, schaute hoch zu Ida. „Das haben bestimmt

ihre Eltern entschieden! Ich wollte auch nicht umziehen damals!“ Sie stieg wieder hinunter.
Oliver guckte total verwirrt von einem Gesicht zum anderen. Was war hier bloß los? Er verstand einfach nicht, was er sah.
Plötzlich schien es im Zimmer vor Tieren zu wimmeln, vor echten lebendigen Tieren! Ein Kater, eine Schildkröte und ein Fuchs! Und auch der Flamingo klappte seinen Schnabel auf und zu!
Miss Cornfield räusperte sich. „Ich glaube, es wird Zeit für eine Erklärung. Aber erst einmal heißen wir Oliver herzlich willkommen!“
Die Lehrerin setzte rasch ein paar Kinder um und platzierte Oliver neben Max.
„Ich bin Max!“, stellte sich der Junge mit der Brille vor. „Spitzname: der Professor. Und das ist Muriel!“
Er deutete auf eine Eule, die durchs Klassenzimmer flatterte. „Magst du Tiere? Sprechende Tiere?“
Während Max leise auf Oliver einredete und Oliver immer verwirrter wurde, spazierte Miss Cornfield zu Luna.

„Ist das wahr?“, fragte sie und ging vor Luna und Salim in die Knie. „Du gehst weg? Morgen ist dein letzter Tag?“

„Es tut mir so leid“, brach es aus Luna hervor und sie schluchzte. „Ich will das doch alles nicht. Aber keine Sorge: Ich werde niemals, niemals das Geheimnis verraten! Sie können sich auf mich verlassen!“

Salim, dem ebenfalls die Tränen aus den Augen kullerten, nickte eifrig.

Die Lehrerin legte die Ellbogen aufs Pult. „Aber das weiß ich doch. Kann ich dir irgendwie helfen? Soll ich mit deinen Eltern sprechen? Hast du irgendeinen Wunsch? Willst du der Klasse etwas sagen?“

„Können wir einfach nur Unterricht machen?“, stammelte Luna. „Sonst muss ich noch mehr heulen!“

Miss Cornfield nickte verständnisvoll. „Komm nach der Stunde zu mir, ja?“ Sie tätschelte Salims Kopf, dann richtete sie sich wieder auf. „Bitte nehmt eure Deutschhefte raus!“ Alle begannen zu kramen. „Wir schreiben ein Diktat!“

Nicht nur Luna war erleichtert.

Oliver ging es genauso. Endlich ganz normaler Unterricht!

Nach der Stunde fasste Luna Franka an der Schulter. „Ich spreche noch kurz mit Miss Cornfield – wartest du draußen auf mich? Bitte! Wir müssen reden!"
Franka stieß Luna zur Seite. „Dazu ist es jetzt zu spät!", zischte sie. „Lass mich in Ruhe! Wenn ich dir egal bin, dann will ich dich auch nicht mehr sehen. Bist ja eh bald weg."
Luna schnürte es den Hals zu, als sie sah, wie ihre Freundin aus dem Klassenzimmer rauschte. Das war doch alles nicht fair!

Oliver blieb nach der letzten Stunde vor der Klassenzimmertür stehen und beobachtete seine neuen Klassenkameraden.
Max hatte ohne Pause gequasselt: Er hatte ihm von einem Mister Morrison erzählt, von einer Zoohandlung

und von magischen, sprechenden Tieren. Aber er kapierte es einfach nicht!

Ein Mädchen mit roten Haaren kam vorbei, ihren Namen hatte er sich gemerkt. Sie hieß Ida. Begleitet wurde sie von einem Fuchs namens Rabbat. Auch das hatte Max ihm verraten.

„Hallo, Ida!“, sagte Oliver und deutete in Richtung Aquarium: „Sind die Fische auch, äh, magisch?“

„Die doch nicht!“, lachte Ida und zupfte sich ihre Jacke vom Haken.

Aus allen Klassenzimmern quollen Kinder heraus und auf einmal war der Fuchs nur noch ein Schatten!

Oliver fuhr sich über die Augen. Er wusste nicht, wem er trauen konnte. Seinen Augen? Max? Der Lehrerin?

Was war plötzlich mit den anderen Tieren los? Vorhin waren ein Hund, ein Schimpanse und ein Känguru durchs Klassenzimmer getobt. Und jetzt? Jetzt konnte er sie nicht mehr sehen!

Ida spürte seine Verwirrung. „Bei meiner Freundin Miriam war das am Anfang genauso“, erklärte sie und tätschelte den rotbraunen Fleck neben ihren Beinen. „Magische Tiere sind für die meisten Menschen unsichtbar. Mit der Zeit wird es besser. Ich erklär dir das noch mal gern genauer, aber jetzt muss ich leider los. Ich bin morgen mit dem Referat dran." Sie winkte freundlich und trabte die Treppe hinunter.

Oliver sah sich um. War vielleicht Max irgendwo? Ach nein, der war ja schon beim Schulbus. Dabei hatte er so viele Fragen!

„Entschuldigung!" Er tippte einem dunkelhäutigen Jungen auf die Schulter, der gerade in seine Turnschuhe schlüpfte. „Was muss man tun, um ein magisches Tier zu bekommen? Du hast noch keins, oder? Zumindest hab ich keins gesehen!"

Der Junge zuckte zusammen. „Ich?", stotterte er. „Doch, ich hab eins, ist aber zu Hause. Spielst du Fußball?"

Oliver kratzte sich am Kopf. Und war nun ganz und gar durcheinander. Das gab es also auch: dass man sein Tier nicht mit in die Schule nahm. Davon hatte Max nichts erzählt.

„In Fußball bin ich ziemlich schlecht", gestand er. „Allerdings ..."

Anthony ließ ihn nicht ausreden. „Also dann, schönen Tag noch!", verabschiedete er sich. „Wir sehen uns morgen!" Warum sollte Anthony sich mit jemandem abgeben, der nicht Fußball spielte? Andere Liga!

Er flitzte davon. Heute wollte Anthony die Strecke in weniger als 15 Minuten schaffen!

17. Kapitel

Das große Schweigen

Anthony kam 30 Sekunden zu spät zu Hause an und ärgerte sich. Was war heute nur für ein seltsamer Tag! Niemand kümmerte sich um den Wettbewerb, der morgen stattfand. Und jetzt war er auch noch viel zu langsam.

Für sein schlechtes Ergebnis gab er anderen die Schuld. Der Neue nervte! Sein Meerschweinchen nervte! Und Luna nervte auch!

Alle drei brachten seinen Tagesablauf durcheinander, dabei musste er sich konzentrieren! „Fokussieren", wie es in der Fußballsprache hieß. Profis wurden vor wichtigen Spielen abgeschirmt, damit sie die volle Leistung bringen konnten. Sie ließen sich die Waden massieren und gingen früh zu Bett.

Er schlenderte zum Meerschweinchengehege. Es war schon ein bisschen peinlich gewesen, dass er sein magisches Tier nicht vorzeigen konnte, als der Neue danach gefragt hatte.

„Madonna?" Er musterte die Meerschweinchenschar. „Alles klar bei dir?"

Niemand antwortete. Und dann stand plötzlich Matteo neben ihm! Er war mit dem Bus gekommen.

„Na, wo ist deine kleine Kartoffel?", fragte er und knuffte Anthony in die Seite. „Wo hast du sie versteckt?"

Laura hatte den Tieren aus umgedrehten Kartons ein Labyrinth gebaut. Darin versteckte sie ein Stück Gurke oder Sellerie und schon hatten die Meerschweinchen was zu suchen.

Anthony deutete in das Gehege. „Madonna ist da drinnen! Sie spielt mit ihren Kumpels!“

Aber das stimmte nicht. Die Tiere spielten nicht. Nein, sie saßen einfach nur ganz still und starr da, als warteten sie darauf, dass etwas passierte.

„Süß! Welches ist es?“, wollte Matteo wissen.

„Äh …“ Anthony vergrub die Hände in seinen Hosentaschen. Die sahen alle irgendwie gleich aus! Wieso sprach keines mit ihm? Er zögerte. „Das da!“ Er packte irgendein Meerschweinchen und hielt es Matteo vor die Nase. Es quiekte.

„Was sagt es denn?“, fragte Matteo neugierig.

„Hm …“ Anthony lauschte. Aber er verstand kein Wort, das waren einfach nur ganz normale Tierlaute. Was er natürlich unmöglich zugeben konnte.

„Madonna will wissen, was heute in der Schule los war“, fantasierte Anthony schnell zusammen. „Und sie will wieder runter. Sie will weiterfuttern!“

„Krass“, antwortete Matteo und grinste. „Voll gut. Kommst du gleich rüber wegen dem Referat? Bring die Kartoffel doch mit!“

Anthony schüttelte den Kopf. „Mein Training! Das ist mir wirklich wichtig, sorry."

Matteo verdrehte die Augen. „Na spitze! Wir sind morgen dran! Jetzt darf ich das ganz allein machen oder was?" Genervt drehte er sich weg und verschwand im Haus.

Luna verbrachte den Nachmittag mit Kisten packen. Ihr Zimmer wurde leerer und leerer. Während sie Malsachen, Bücher und ihr taubenblaues Robin-Hood-Kleid verstaute, waren ihre Gedanken bei Franka. Tausendmal überlegte sie, sie anzurufen. Tausendmal verließ sie der Mut. Sie hatte so ein schlechtes Gewissen! Sie hätte ihr gleich sagen müssen, was los war! Miss Cornfield hatte ihr geraten, sich so schnell wie möglich mit Franka auszusprechen. Und ihr versichert, dass sie jederzeit an der Wintersteinschule willkommen war. „Wir vergessen dich nicht! Komm mit Salim zum nächsten Schulfest vorbei, kommt, wann immer ihr könnt!"

Das hatte Luna sehr getröstet. Aber was war mit Franka? War ihre Freundschaft zu Ende?
„Franka wird sich beruhigen“, gurrte Salim. „Lass ihr ein wenig Zeit.“
„Viel Zeit haben wir aber nicht mehr“, antwortete Luna kläglich.

Auch Franka war unglücklich. Lunas Verhalten hatte ihr weh getan. Und überhaupt: dass sie sich so auf die neue Schule freute! Nein, anrufen war unter ihrer Würde.
„Aber Luna hat doch gar nicht gesagt, dass sie sich auf die neue Schule freut“, warf Cooper ein. „Das haben nur ihre Eltern behauptet. Weißt du denn, wie es Luna wirklich geht?“
Franka schwieg. Nein, das wusste sie tatsächlich nicht. Für einen Moment regte sich in ihr das schlechte Gewissen. „Ich dachte doch, ich bin ihre beste Freundin“, schniefte Franka traurig. „Sie hätte es mir sagen müssen.“

„Ich weiß." Cooper nickte. „Ich kam mir auch doof vor, als Salim mit der Sache herausgerückt ist. Aber er hat selbst am allermeisten darunter gelitten, das habe ich ihm angesehen. Er hat sogar geweint! Und Luna sah auch ganz elend aus. Kannst du ihr nicht verzeihen?" Er blickte seine Gefährtin erwartungsvoll an.

„Nein, Cooper." Franka schüttelte den Kopf. „So geht man nicht miteinander um. Ich habe gerade meine beste Freundin verloren und bin sehr traurig."

Anthony trainierte an diesem Nachmittag nicht auf dem Bolzplatz. Er blieb die ganze Zeit in der Nähe des Meerschweinchengeheges. Hoffte er, dass eines der Tiere den Kopf hob und mit ihm redete? Zum Beispiel über die Pflanzenwelt von Chile? Niemals hätte er es zugegeben – aber genauso war es.

Anthony zielte auf den Eimer, den Wasserhahn und die Pappscheibe, die im Apfelbaum hing.

Plopp! Gar nicht so schlecht.

Als Laura in den Garten kam, um ihren Tieren vorzulesen, tänzelte er mit dem Ball um den Maschendrahtzaun.

„Du machst die Meeris ganz nervös, Tonny!", beschwerte sich Laura. „Kannst du nicht woanders spielen? Übrigens: Emily aus meiner Klasse hat heute zwei Mal das Tor getroffen. Und du?"

Anthony seufzte. In der Pause hatte er auf dem Sportplatz geübt. Er hatte drei Mal getroffen. Immerhin öfter als Emily, die Erstklässlerin – aber viel zu wenig, um das Casting zu gewinnen! Und es war nur das Tor gewesen, kein 55 Zentimeter großes Loch!

Anthony kickte den Ball in die Luft und fing ihn mit einer Hand auf. „Was liest du denn da?" Neugierig schaute er Laura über die Schulter.

„Drache Fox und die kleine Prinzessin", antwortete Laura. „Willst du zuhören?"

„Ne, muss trainieren." Anthony zögerte. „Weißt du, wir nehmen in Sachkunde gerade die Sprache der Tiere durch", behauptete er. „Wie sie auf Menschen reagieren. Meinst du, die Meerschweinchen können

dich wirklich verstehen? Hat sich eines der Tiere heute, äh, irgendwie außergewöhnlich verhalten?"
Laura kräuselte ihre Nase. „Weiß nicht … Willst du mal vorlesen?"
Anthony vergaß, dass er Lauras Ideen sonst immer für Kinderkram hielt. Er kletterte über den Zaun und griff nach dem Buch. Während er laut eine Geschichte über einen wilden Drachenkampf vorlas, beobachtete er die Meerschweinchen aus dem Augenwinkel.
Manche lauschten, manche hoppelten herum, manche knabberten Gras. Aber keines sprach mit ihm.

18. Kapitel

Ein blinder Passagier

Als Oliver am Freitagmorgen zur Wintersteinschule trabte, fühlte er sich schon nicht mehr ganz so fremd wie am Vortag. Nun konnte er sich in Ruhe umsehen. Das Schulhaus war noch immer über und über mit Plakaten beklebt. Gestern war er viel zu aufgeregt gewesen, um den Text durchzulesen. Heute aber blieb er stehen und las: „*Wer wird Torschützenkönig? Großes Fußball-Casting am Freitag!*“

Oliver zupfte sich am Ohrläppchen. Ach! Das war ja heute! Ob Kinder aus seiner Klasse mitmachten? Und ob er zugucken durfte? Er war kein guter Fußballer, aber die Stimmung im Stadion fand er immer toll!
Neben ihm versuchte der Hausmeister gerade, eines der Plakate abzureißen.
„Unverschämtheit!" Er plusterte die Backen auf. „Wenn sich der Täter nicht bald meldet, streike ich. Dann schließe ich meinen Pausenverkauf und ihr könnt euch eure Wurstsemmeln selber schmieren!"
Oliver drückte sich an ihm vorbei und grinste. Wenigstens der Hausmeister war an dieser Schule normal!

Als Luna auf das rote Backsteingebäude zusteuerte, fühlte sich ihr Herz wie ein Eisklumpen an. Salim saß auf ihrer Schulter und ließ die Flügel hängen.
Der letzte Tag an der Wintersteinschule.
Tapfer setzte Luna einen Fuß vor den anderen.

Anthony war spät dran. Es war schon zehn vor acht, aber er saß noch immer am Frühstückstisch und rührte in der Müslischüssel.
Gestern Nacht hatte er lange wach gelegen. Er hatte seine Schlaflosigkeit auf den Wettkampf geschoben, wusste aber bald, dass das nicht stimmte.
Er sehnte sich nach Madonna. Er vermisste ihren zarten Duft nach Apfel und Zimt. Ihm war klar geworden, dass er den falschen Weg eingeschlagen hatte. Er war gemein gewesen. Madonna konnte doch nichts dafür, dass heute dieses Casting war!
Er fühlte, dass sein magisches Tier ihn brauchte. Und er selbst brauchte Madonna noch viel mehr. Mehr denn je! Entschlossen packte er seine Schulsachen und stapfte nach draußen. Heute nahm er den Umweg über den Garten, denn er musste unbedingt noch bei den Meerschweinchen vorbeischauen.
„Tschüss, Tonny!“, rief ihm seine Mutter nach. „Viel Glück beim Casting!“

Anthony schlüpfte ins Gehege und stellte fest, dass seine kleine Schwester die Meerschweinchen wirklich gut versorgte. Madonna fehlte weder Wasser noch Essen. Aber vielleicht fehlte ihr ein Freund?

„Hey, Madonna!", sagte er leise. „Wie geht es dir? Es tut mir leid, dass ich mich nicht um dich gekümmert habe. Ich bin ein Idiot!" Er richtete seine Worte nicht an ein bestimmtes Tier, sondern an die ganze Horde. „Ich hatte nur Fußball im Kopf. Dabei gibt es Dinge im Leben, die genauso wichtig sind oder vielleicht noch viel wichtiger. Dich zum Beispiel!"

Anthony nahm ein Tier nach dem anderen auf den Arm und schämte sich. Er wusste nicht einmal, wie Madonna aussah! Alle hatten ein buntes Fell, alle hatten wilde Haarbüschel auf dem Kopf.

„Luna ist so traurig", sprach er weiter. „Und ich habe ihr nicht gesagt, wie schade ich es finde, dass sie wegzieht. Und den Neuen habe ich einfach im Gang stehen lassen. Oh Mann, und Matteo hab ich auch mit dem Referat hängen lassen. Das war falsch."

Er streichelte ein Tier nach dem anderen. „Es ist in

Ordnung, wenn du mir nicht sofort verzeihst", flüsterte er einem Tier ins Ohr, von dem er glaubte, dass es Madonna sein könnte. „Ich gehe jetzt zur Schule und frage den Neuen, ob ich ihm das Schulhaus zeigen soll. Und ich werde mich von Luna und Salim verabschieden. Kurz nach eins bin ich wieder zu Hause und schau bei dir vorbei. Wenn du mich ins Stadion begleiten willst, freue ich mich. Wenn nicht, auch in Ordnung. Entscheide du."

Jemand tippte Anthony von hinten auf die Schulter.

Anthony zuckte zusammen.

Es war seine Mutter. „Dein Pausenbrot!", sagte sie und wuschelte ihm durchs Haar. „Du hast es vergessen! Jetzt aber los, sonst kommst du zu spät!"

Anthony stapfte aus dem Gehege und drehte sich zur Seite, um seinen Rucksack zu öffnen. „Danke, Mama!"

Das Türchen stand einen Moment lang offen.

Er merkte nicht, dass hinter seinem Rücken ein Meerschweinchen mit in die Tasche hüpfte.

19. Kapitel

„Ida und Jo – Bühne frei!“

Die Kinder saßen schon an ihren Plätzen, als Miss Cornfield kurz nach acht Uhr mit wehendem Mantel ins Klassenzimmer eilte. „Was für eine turbulente Woche!“, stöhnte sie. „Herr Siegmann wollte mich dazu verdonnern, am Samstag in die Schule zu kommen, um Landkarten zu sortieren. Ich habe abgelehnt. Familienfeier!“ Sie blinzelte der Klasse verschwörerisch zu. „Morgen habe ich andere Dinge vor!“

„Singen!“, flötete Zeki, das Stachelschwein.

„Kuchen futtern!“ Kater Karajan leckte sich das Mäulchen.

„Kaba trinken!“, schwärmte Peperoni.

Die Lehrerin schritt durch die Reihen. „Oliver.“ Sie blieb vor dem Jungen mit den Segelohren stehen. „Hast du dich schon ein wenig vertraut gemacht mit deiner neuen Klasse? Ich vermute, der gestrige Tag hat für einige Verwirrung gesorgt. Entschuldige bitte, dass ich keine Zeit hatte, dir alles zu erklären. Wir holen das nach!“ Sie ging weiter zu Luna und legte ihr beschützend die Hand auf die Schulter. „Keine Sorge, Luna, alles wird gut!“ Sie blinzelte in die Klasse. „Ist Anthony gar nicht da? Er wird doch hoffentlich nicht krank sein! Nicht ausgerechnet heute!“ Im selben Moment ging die Tür auf und Anthony stürmte herein. „Entschuldigung“, rief er.

Dann winkte er in die Klasse: „Morgen zusammen."
Miss Cornfield blickte überrascht auf. Er war gar nicht so mürrisch wie sonst … Die Lehrerin klatschte in die Hände. „Gut, dann wären wir also komplett. Sollen wir mit dem ersten Referat beginnen?"
Anthony nutzte den Moment, um Oliver einen Zettel zuzustecken. „Kommst du heute Nachmittag mit zum Fußball? Wäre super, wenn du uns anfeuerst!"
Oliver freute sich, als er den Zettel las. Und nickte eifrig in Anthonys Richtung.
Auch die Lehrerin machte es sich bequem.
„Jo und Ida! Bühne frei!"
Idas Herz klopfte wie wild, als sie nach vorne ging. Das ganze Schuljahr über hatte sie sich gewünscht, mit Jo eine Gruppenarbeit zu machen und jetzt war dieser Wunsch in Erfüllung gegangen. Der Nachmittag im „Café Roma" war so schön gewesen und auch die Vorbereitung gestern hatte richtig viel Spaß gemacht. Sie war ein echter Glückspilz, dass ihr Name im Lostopf gelandet war. Jo und Ida linsten kurz auf ihre Blätter, dann legten sie los.

„Wir möchten euch eine Persönlichkeit vorstellen, die jeder hier im Klassenzimmer kennt und schätzt", begann Jo.
„Bauunternehmer Robert Sawatzki", rief jemand.
„Mütze, den Feuerwehrmann!", meinte jemand anders.
„Bitte nicht den Käse Makkaroni", nuschelte Henrietta, die Schildkröte.
Ida blinzelte in die Klasse. „Nein, wir sprechen über einen Menschen, der uns allen persönlich richtig viel bedeutet! Wir sprechen über Mortimer Morrison, den Inhaber der magischen Zoohandlung."
Alle Köpfe flogen nach oben und auch Miss Cornfield schien überrascht zu sein. Sie fuhr sich durch die Haare, eine Vogelspinne plumpste heraus.
„Das ist Agent Y", flüsterte der Professor Oliver zu. „Aus dem Tal des Todes, Kalifornien."

Na klar. Oliver wunderte sich über gar nichts mehr. Auch nicht darüber, dass die beiden Referenten rechts und links von einem Fuchs und einem Pinguin eingerahmt wurden. Wie hießen die beiden noch gleich … Stimmt, Rabbat und Juri! Langsam gehörte er zum Club! Unter dem Pinguinflügel klemmte eine Mappe.

„Findet man über Mr. Morrison denn was im Computer?“, fragte Matteo.

„Gibt es Zeitungsartikel?“, wollte Max wissen.

„Viel besser“, antworteten Ida und Jo gleichzeitig. „Wir haben Mr. Morrison selbst befragt. Ihn und die kluge Pinkie. Rabbat und Juri haben uns dabei geholfen. Sie haben übersetzt, wenn es nötig war.“

„Oha!“ Rick rülpste vor Aufregung.

„Das kann ja mal was werden“, krächzte Muriel, die beleidigt war, weil Max diese Idee nicht gehabt hatte. Dann hätte *sie* helfen können!

Alle warteten gespannt.

Und Jo begann. „Mortimer Morrison wurde als das erste von zwei Kindern in einem kleinen Ort in Schottland geboren.“ Während er sprach, warf Jo einen Blick in seine Unterlagen. Er hatte alles ordentlich aufgeschrieben!

„Er wuchs in einem schönen alten Landsitz auf, in einem Herrenhaus. Am liebsten aber war Mortimer bei den Tieren, die im Dorf wohnten. Bei den Ziegen, Schafen und Hühnern. Mortimer liebte Tiere, seit er denken konnte." Jo rollte das Blatt zusammen, er machte lieber frei weiter. „Morgens schlich er in den Hühnerstall, um den Hühnern Lieder vorzusingen. Abends besuchte er die Schafe auf der Weide, um ihnen eine Gutenachtgeschichte zu erzählen."

„Ich hab gar nicht gewusst, dass Mr. Mortimer mal ein kleiner Junge war", murmelte Hatice.

Miss Cornfield begann, die Vogelspinne zu streicheln. Die saß inzwischen auf ihrem Handrücken und hörte aufmerksam zu.

Ida übernahm. „Niemand konnte besser mit Tieren umgehen als Mortimer. Wenn ein Hund aus dem Dorf Bauchweh hatte, gab Mortimer ihm lauwarmen Kamillentee. Der Hund schlabberte den Tee aus der Schüssel und war am nächsten Tag gesund."

Jo räusperte sich. „Mortimer hatte eine Schwester. Sie war zwei Jahre jünger und hieß Mary."

„Oh, Miss Cornfield war auch mal klein?" Silas kippte fast vom Stuhl, als er sich vorstellte, dass seine

Lehrerin auch irgendwann mal hatte lernen müssen, aufs Töpfchen zu gehen. Er tuschelte mit Rick und sofort begannen beide laut zu prusten.

„Was ist so lustig?“ Miss Cornfield verdrehte die Augen. „Bitte, macht weiter!“

Oliver musste grinsen. Langsam gefiel es ihm an der neuen Schule! Das Referat war klasse!

„Mr. Morrison hat uns sogar ein Bild von früher mitgegeben!“

Miss Cornfield nestelte nervös an ihrem Amulett.

In dem Ordner, den Juri dabeihatte, suchte Jo nach dem passenden Foto. Da war es ja schon! Er schwenkte es durch die Luft.

Vier Menschen waren zu erkennen: Vater, Mutter, Sohn und Tochter. Helene quiekte los – der Vater trug einen Schottenrock! Immerhin, die Mutter sah normal aus: Jeans, Bluse, dunkle Locken und strahlend blaue Augen. „Könnte ein bisschen Lippenstift vertragen“, murmelte Helene.

Das Mädchen auf dem Foto war barfuß. Es balancierte ein Kissen auf dem Kopf und lachte.

Ihr Bruder trug einen bunten Strickpulli. Er saß im Gras und streichelte ein Kätzchen.
„Ach, ist das Kätzchen süß!“ Ein tiefer Seufzer ging durch die Klasse.
Miss Cornfield wischte sich über die Augen.
Während das Foto durch die Reihen wanderte, machte Ida weiter. „Die Familie zog um und dann …“, Ida schaute auf, „… und dann passierte ein schlimmes Unglück. Mr. Morrison wollte nicht darüber sprechen.“
In der Klasse wurde es mucksmäuschenstill. Das Familienfoto war inzwischen bei Miss Cornfield angelangt. Die Lehrerin konnte den Blick nicht

davon lösen. Ida schluckte. So traurig hatte sie Mary Cornfield noch nie gesehen …
Die Klasse schwieg betroffen, Ronja streichelte unbeholfen Toffis Fell. Wenn Ida nicht schnell das Thema wechselte, würde sie noch anfangen zu weinen!
„Das ist doch ein uraltes Foto", sagte Toffi hilflos und schleckte über Ronjas Hand.
„Trotzdem." Ronja schüttelte langsam den Kopf.
Lothar reichte ihr ein Taschentuch und putzte sich selbst die Nase.
Sogar Mary Cornfield schniefte.
Jo und Ida wechselten einen erschrockenen Blick.
Würde jetzt die ganze Klasse anfangen zu weinen?
„Schnell weiter!", flüsterte Juri.
„Was danach geschah, erzählte uns Pinkie!" Jo senkte die Stimme. „Es war kurz vor Mortimers zehntem Geburtstag. Es war früher Morgen, die Geschwister lagen noch in ihren Betten …"
Die Stimmung änderte sich, einige Kinder kicherten.
„Hatte Mary ein Sterntaler-Nachthemd an?", prustete jemand los.

„Und einen Teddy im Arm?“, rief jemand anderes.
„Na, wieso denn nicht?“ Ida stemmte die Arme in die Seiten. „Jeder von uns hatte mal einen Teddybären oder eine Puppe, als er klein war!“
Yannik grinste. „Mein Teddy heißt Stein-Leo“, sagte er.
„Meiner Stups!“, verriet jemand anderes.
„Meine Puppe heißt Bella Dracula!“, rief ein Mädchen.
Miss Cornfield klopfte ungeduldig mit dem Bleistift aufs Pult. „Weiter, bitte!“
„Das Fenster stand offen, plötzlich flog eine freche Elster herein“, berichtete Ida. „‚Hallöchen, ich bin Pinkie!‘, rief sie und Mortimer konnte nicht glauben, was passierte: Der Vogel spazierte über seinen Schreibtisch und er konnte die Sprache des Tieres verstehen! Wort für Wort!“
Die Mädchen und Jungen hingen an Idas Lippen. Das war das spannendste Referat, das sie je gehört hatten!
„So lange hat er schon sein magisches Tier!“, staunte Eddie. „Was geschah dann?“, fragte Helene atemlos.
Ein zweites Foto wanderte durch die Reihen. Derselbe Junge mit demselben Pulli war darauf, aber diesmal

saß auf seiner Schulter eine Elster. Sie zupfte frech an den Haaren herum, die nicht so grau waren wie jetzt, sondern dunkelbraun. Der zehnjährige Mortimer lächelte breit und sah sehr, sehr glücklich aus.
Langsam neigte sich das Referat dem Ende entgegen.
Jo bat um Ruhe. „‚Wer bist du denn? Wo kommst du her?', fragte Mortimer. Die Elster pikste ihm vorsichtig mit dem Schnabel in den Bauch. ‚Ich wohne schon lange in deiner Nähe, in den Nachbarsgärten, und beobachte dich. Ich möchte deine Gefährtin sein. Wir sind füreinander bestimmt. Spürst du es auch?'"
Jo trat einen Schritt zurück, Ida übernahm den Rest.
„Mortimer spürte es auch. Er wusste, dass er eine Freundin fürs Leben gefunden hatte. Nichts würde sie beide jemals wieder trennen." Sie blickte mit feierlicher Miene in die Klasse. „Ende des ersten Teils. Noch Fragen?"
Tosender Applaus setzte ein und Jo und Ida verneigten sich wie zwei Schauspieler.

20. Kapitel

Der Schwur

Jeder hing seinen Gedanken nach. Im Klassenzimmer herrschte eine feierliche Stille. So ruhig war es bisher nur gewesen, wenn ein Kind ein magisches Tier bekommen hatte. Doch dann wurde es plötzlich wieder laut.

Bisher hatten die Kinder nach den Referaten kaum Fragen gestellt. Wer wollte schon wissen, ob Beethoven vielleicht eine zehnte Symphonie komponiert hatte?

Diesmal war es anders.
„Wo genau in Schottland stand das Herrenhaus?“ Max schnippte als Erster mit den Fingern.
Jo war gut vorbereitet. Er zog eine Landkarte hervor, pinnte sie an die Wand und deutete mit dem Zeigefinger auf einen grünen Fleck. „Hier. Hier oben sind Mortimer und Mary aufgewachsen!“
„Wann hat sich Mortimer den Omnibus gekauft?“ Silas rutschte ungeduldig auf seinem Stuhl hin und her.
„Wieso wohnt er jetzt in Deutschland?“, wollte Hatice dringend wissen.
„Wann hat er gemerkt, dass er auch mit anderen Tieren sprechen kann?“, redete Zack dazwischen.
Fragen über Fragen prasselten auf Jo und Ida herein. Und da sie gestern sehr lange in der magischen Zoohandlung gewesen waren, konnten sie eine Menge davon beantworten.
„Sie kehrten zurück in das Landhaus ihrer Kindheit“, berichtete Jo. „Und Mr. Morrison wurde Tierpfleger. Sein Vater wollte, dass er Tierarzt wird, aber Mortimer hatte keine Lust, in der Stadt zu leben und eine

Universität zu besuchen. Er wusste sowieso alles über Tiere, was er wissen musste."

„Tierpfleger trifft es nicht ganz", ergänzte Ida. „Er war eher ein Tierpsychologe. Mortimer wusste genau, was Tieren fehlte. Oft half ein Hausmittel, das richtige Futter oder ein bestimmtes Kraut von der Küste. Sein Können sprach sich schnell herum und Mortimer Morrison war ein gefragter Mann."

Mary nickte. „Genau so war es", erinnerte sie sich. „Eine Weile war Mr. Morrison mit dem Moped unterwegs, Pinkie flog immer vorneweg", erzählte Jo. „Später kauften sie sich den roten Omnibus. Und seitdem lieben Pinkie und Mortimer Schlagermusik! Im Autoradio geht nämlich kein anderer Sender rein."

Miss Cornfield verdrehte die Augen, Ida machte weiter. „Die beiden kamen ganz schön herum und bald merkte Mortimer, dass er auch mit anderen Tieren sprechen konnte. Nicht mit allen, aber mit einigen. Es war irgendwie … magisch!"

Ida ging in die Knie, um Rabbat zu streicheln. „Magische Tiere, das spürte Mortimer sofort, waren etwas ganz Besonderes." Sie stand wieder auf. „Magische Tiere hatten Träume, Wünsche, Lust auf Abenteuer! Und Mr. Morrison wurde klar: Überall auf der Welt gab es magische Tiere, die darauf warteten, ihren Freund, ihren Gefährten zu finden!"

Jo legte den Arm um Juris Schulter. „Während seine Schwester Mary die Universität besuchte und sich zur Lehrerin ausbilden ließ, arbeitete Mortimer also als Tierpfleger. Er sammelte Vögel, Hunde und Wildschweine ein. Oft fand er genau den richtigen Menschen, der zu dem Tier passte. Eine Nachtigall landete bei einer Opernsängerin, der die oberen Töne abhanden gekommen waren. Ein Hund kam zu einer Frau, deren Mann kürzlich verstorben war. Eine Katze tröstete ein Kind, das einsam war, ein Reh half einer jungen Frau über ihren Liebeskummer hinweg."

Henry hob die Hand. „Also gibt es

auch an anderen Orten der Welt Menschen, die ein magisches Tier besitzen?"

Ida und Jo zögerten. „Wir glauben schon!" Unsicher blickten sie zu Miss Cornfield. „Sie sprechen nur nicht darüber, weil sie Angst haben, von anderen Menschen für verrückt erklärt zu werden."

Viele aus der Klasse nickten.

„Und wie kam Mortimer nach Deutschland?", wollte jemand wissen. „Das habt ihr noch nicht erklärt!"

Jo grinste. „Die kleine Mary im Sterntaler-Nachthemd hat ihren großen Bruder irgendwann hergeschleppt. Weil er sonst gar nicht mehr unter Menschen gekommen wäre. Er hätte sich wohl sonst von früh bis spät nur noch mit seinen Tieren unterhalten. Hat Pinkie uns erzählt!"

Die magischen Tiere, die aufmerksam zugehört hatten, zuckten mit den Ohren.

„Wahrscheinlich hätte er irgendwann Heu zum Frühstück gegessen", brummte Peperoni.

„Und Wasser aus einer Schüssel auf dem Boden getrunken", prustete Tingo.

„Jeder brauchterich Freunde!“, rief Eugenia.

Oliver saß auf seinem Platz. Seine Segelohren glühten. Die Geschichte, die Ida und Jo erzählten, war unglaublich! Und passte genau zu dem, was Max ihm gestern anvertraut hatte. Er meldete sich. „Bekommt jeder, der hier sitzt, ein magisches Tier?“

„Aber ja!“, rief Leonie. „Jeder in der Klasse!“

Sibel nickte eifrig. „Stimmt doch, Miss Cornfield, oder?“

„Sagen wir so …“ Die Lehrerin zögerte. „Jeder kommt dran, der es nötig hat.“

Max nickte. „Erst schickt Mortimer Morrison eine Nachricht, dann sprechen wir alle gemeinsam den Schwur und dann findet die Übergabe statt“, erklärte er.

Noch ehe Oliver eine zweite Frage nachschieben konnte, rief Anna-Lena: „Lasst uns gemeinsam den Schwur sprechen! Oliver soll sehen, wie das ist.“

Alle sprangen auf. „Gute Idee!“

Luna sah Franka zaghaft von der Seite an. Und Frankas Blick wurde auf einmal weich. Sie reichte Luna die Hand.
Und die ganze Klasse rief im Chor:

„Niemals, niemals sprechen wir
mit anderen über das magische Tier.
Die magische Zoohandlung ist streng geheim.
So soll es für immer und ewig sein."

Oliver lief ein Schauer über den Rücken. Dann stellte er die nächste wichtige Frage: „Wie viele Kinder aus der Klasse haben noch kein magisches Tier?"
Ida blieb die Antwort im Halse stecken, weil ihr auffiel, dass Jo noch immer ihre Hand hielt.
Miss Cornfield übernahm das für sie. „Fünf Kinder haben kein magisches Tier", antwortete sie. „Sibel, Leonie, Elisa, Matteo – und du natürlich, Oliver!"
Das war zu viel auf einmal. Olivers Knie wurden weich. Er glitt zu Boden und fiel so schief hin, dass sein Kopf auf dem Parkettboden aufschlug.

„Sanitöter! Sanitöter!“, kreischte Karajan.
Muriel flatterte hoch. „Oje, oje, oje! Max, schnell, wir holen den Verbandskasten!“ Der Professor und seine Eule stürzten zur Tür.
Juri watschelte zum Waschbecken. Vielleicht kam Oliver wieder zu sich, wenn er ihn mit Wasser bespritzte!
In dem ganzen Durcheinander fiel niemandem auf, was sich an Anthonys Platz abspielte. Anthony wollte gerade zu Oliver springen, um Erste Hilfe zu leisten, als seine Schultasche anfing zu quieken!
Er klappte den Deckel hoch und entgegen winkte ihm – Madonna!
„Caramba, Anthony!“, gurrte das Meerschweinchen vergnügt. „Wollen wir noch mal von vorn anfangen?“
Glücklich schloss Anthony sein Meerschweinchen in die Arme. Wie gut es roch! Wie das allerfeinste Stück Apfelkuchen, das man sich nur vorstellen konnte.

„Wo bin ich?“, stammelte Oliver, als er einen kurzen Moment später wieder zu sich kam.
„In der Schule der magischen Tiere!“, antworteten seine Klassenkameraden im Chor und betteten ihn neben Leander aufs Sofa. Der Leopard rutschte bereitwillig zur Seite.
Als sich alle beruhigt hatten, gingen Matteo und Anthony vor zur Tafel. Matteo hatte tagelang an dem Referat gearbeitet, er wollte es jetzt hinter sich bringen.
„Wir sprechen über Steve Jobs!“, verkündete Matteo. „Ein Computer-Genie aus Kalifornien!“ Er warf Anthony einen schwarzen Rollkragenpulli zu und drückte ihm ein Blatt in die Hand. „Schnell anziehen! Die rot markierten Stellen sind deine!“
„Danke!“, stotterte Anthony und begann: „Steve Jobs’ atemberaubende Karriere begann in einer dunklen Garage. Am liebsten trug er schwarze Pullis …“
Matteo wusste alles, verzettelte sich aber mit tausend Einzelheiten.

Sie bekamen eine Drei und Matteo zuckte mit den Schultern. Egal. Hauptsache, sie hatten es geschafft! Anthony aber war ziemlich kleinlaut. Matteo hatte die ganze Arbeit allein gemacht – und er hatte ihn nicht verpetzt. Das war ein echter Freund.
Und dann war die Schule aus!

Mit jeder Stufe, die Anthony nach unten lief, fühlte er sich freier. Madonna hatte er in seine Hosentasche gesteckt. Er ging so vorsichtig, als wäre ein rohes Ei darin.
Wie goldig Madonna war! Seit ihm das Meerschweinchen aus der Schultasche zugewunken hatte, hatten sich Fellfarbe und Frisur fest in Anthonys Gedächtnis gebrannt. Niemals wieder würde er es mit einem anderen Meerschweinchen verwechseln! Unmöglich!
Madonna quietschte vor Vergnügen, während sie nach draußen sausten. „Wenn du Torschützenkönig bist, werde ich Königin. Wie viele Bälle musst du in die Löcher knallen?“

„Am besten sechs!“, antwortete Anthony. „Aber das hat noch keiner geschafft. Nicht einmal Kaiser Franz Beckenbauer!“

„Oh, einen Kaiser gibt es auch?“, staunte Madonna.

Anthony kam es vor, als würde die Welt viel heller strahlen, jetzt, wo Madonna seine Freundin war.

Dem kleinen Meerschweinchen schien es genauso zu gehen. „Ist das herrlich hier!“, seufzte sie, obwohl sie nur durch eine ganz normale Straße marschierten.

„Und als ersten Preis gibt es eine Torte? Hat Henrietta mir erzählt!“

Anthony lachte. „Nein, nein, meine kleine Kartoffel! Wer gewinnt, darf ins Fußballcamp an den Gardasee.“

Er sah Madonnas erschrockenen Blick. „Da kommst du dann natürlich mit!“

„Puh!“ Madonna kicherte vor Erleichterung.

21. Kapitel

Heute ein König!

Nach der Schule ruhten sich Anthony und Madonna in einer Hängematte im Garten aus. „Ich bring keinen Bissen runter", hatte Anthony zu seinem Vater gesagt, der heute zu Hause arbeitete und das Essen kochte. Madonna machte sich Sorgen als sie spürte, wie angespannt Anthony war. „Was machst du eigentlich, wenn es nicht klappt?", fragte sie. Sie lag auf Anthonys Bauch.

Anthony schluckte. „Denk nicht mal dran!"
„Ach, Tonny!", meinte Madonna. „Die Welt geht nicht unter, wenn du verlierst."
„Geht sie eben schon", schnaubte Anthony.
„Jetzt hör mir mal zu!" Das Meerschweinchen stemmte sich hoch. „Wer gut sein will, darf nicht verkrampfen. Lass uns den blöden Wettbewerb mal beiseiteschieben. Sollen wir Comics lesen? Oder soll ich dir einen Witz erzählen?" Madonna quiekte und begann, ihn unter den Achseln zu kitzeln. *„Was ist zuckersüß und läuft durch die Wüste? – Das Karamel!"*
„Aufhören!", prustete Anthony und fühlte sich gleich ein bisschen besser.
„Der Profi schaltet den Kopf aus und schießt!", verkündete das Meerschweinchenmädchen. „Du musst locker bleiben. Ganz locker! Und wenn dieser geheimnisvolle Mario auftaucht, stell dir einfach vor, dass er auch mal ein kleiner Junge war, der aufs Töpfchen musste!"
Wieder mussten beide kichern und hörten gar nicht mehr auf.

Fast die ganze Klasse war im Stadtstadion versammelt. Zack unterhielt sich mit Oliver, Ronja quatschte mit Lothar.

Luna und Franka fehlten. Ebenso Benni und Schoki, die sich nicht für Fußball interessierten.

Und wo war Miss Cornfield?

Miss Cornfield stand in ihrer Küche im Veilchenweg und buk jede Menge Kuchen und Torten.

Dafür war Willi Wondraschek gekommen, der ein großer Fußballfan war – Plakatangriff hin oder her! Er drückte sich irgendwo bei den anderen Erwachsenen herum und biss in eine Wurstsemmel.

„Er freut sich, dass er sie mal nicht selbst schmieren muss", lachten Zack und Oliver und beschlossen, sich auch etwas zu essen zu holen.

Der Wettkampf begann um 15 Uhr.

Jo hatte sein Glückspilz-T-Shirt an, Anthony trug ein Trikot der südafrikanischen Nationalmannschaft. Die beiden tauschten Tipps aus, Katinka, Silas und Yannik

spitzten die Ohren. Auch Helene stand dabei. Sie hatte beschlossen, ebenfalls anzutreten.
Auf dem grünen Rasen war die Torwand aufgebaut, Experten maßen nach, ob alles stimmte: zwei Löcher, eins links oben, eins rechts unten. Durchmesser 55 Zentimeter. Der Startpunkt lag sieben Meter entfernt.
„Extrem schwer zu treffen", sagte Herr Wondraschek und nickte respektvoll.

Die Stimme des Stadionsprechers schallte durch den Lautsprecher. „Ich begrüße alle Sportlerinnen und Sportler und freue mich auf einen fairen Wettkampf! Ich bitte um Aufstellung der Teilnehmer!"
Von allen Seiten strömten die Mädchen und Jungen herbei.
Doch wo war Mario Winkler? Anthony konnte ihn nirgendwo entdecken …
Ida interessierte sich nicht für den Fußballstar. Sie hatte nur Augen für Jo.

Die Klasse stand hinter der Absperrung, so konnten sie ihre Helden am besten anfeuern. Jo, Yannik, Helene, Silas, Anthony und Katinka waren unten auf der Rasenfläche, um sich warm zu machen.
Es ging los!
Ein hoch geschossener Junge, den Ida nicht kannte, donnerte den Ball in die linke, obere Ecke. Sein Fanclub riss die Arme hoch. „Perfekt, Fabi!"
Danach war Anthony dran. Er machte seine Sache gut. Jo aber auch!
So viele Sportskanonen traten an, dass Ida bald der Kopf schwirrte. Es gab mehrere Durchgänge und nach und nach schrumpfte die Zahl der Spieler.

Helene schaffte es bis Runde zwei.
Yannik und Silas flogen in der dritten Runde raus.
Katinka, Anthony und Jo blieben im Rennen.
Ida drückte allen Klassenkameraden die Daumen, Jo allerdings ein kleines bisschen mehr. Wie süß er aussah, wenn er sich neben der Eckfahne mit einem Plüschpinguin unterhielt!
Anthony hatte zwei Bälle verschossen, der Schweiß rann ihm von der Stirn.
„Locker bleiben, Sportsfreund!", riet Madonna, die aufgeregt am Spielfeldrand auf und ab hüpfte. „Einen Schluck Wasser vielleicht?" Das Meerschweinchen deutete mit der Vorderpfote auf die Trinkflasche, die Anthony zwar in der Hand hielt, aber nicht benutzte.
„Äh, danke!", sagte Anthony und trank einen Schluck.
Viel besser!

Noch zwei Runden, dann würde der Sieger feststehen!
Plötzlich breitete sich im Stadion Unruhe aus.
Anthonys Konkurrenten hetzten über den Platz.

Sie deuteten einen Schuss an, sprangen in die Luft und guckten immer wieder in eine ganz bestimmte Richtung. Einer machte sogar einen Salto. Was war los? Mario Winkler war da! Pünktlich zum Finale!
Während die anderen Torschützen immer nervöser wurden, blieb Anthony ruhig. Er guckte zu Madonna, die Männchen machte und ihm mit einer Kleeblüte zuwinkte. Wie lieb von ihr!
Er konnte nicht glauben, dass er genau dieselbe Szene noch vor zwei Tagen lächerlich gefunden hatte. Zuversicht breitete sich in ihm aus. Was auch immer passierte – Madonna würde ihn trotzdem mögen! Anthony wischte die Schweißtropfen ab und marschierte zum Sieben-Meter-Punkt.
Ein Mädchen, Svea von der Dante-Schule, war eine super Torschützin. Souverän versenkte sie einen Ball nach dem anderen. Fünf Treffer von sechs. Das Stadion tobte. Katinka, die drei Punkte einheimste, war raus.
Jetzt waren aus Miss Cornfields Klasse nur noch Jo und Anthony übrig!

Ida drückte so fest die Daumen, dass ihre Fingerkuppen brannten.

Jo war dran!

Boing!

Dong!

Krrrr!

Pflong!

Wop!

Und noch mal!

Sechs Versuche, vier Treffer. Sehr gut!

Und jetzt Anthony!

Anlauf, Schuss, Treffer!

Anlauf, Schuss, Pfosten! Doch der Ball hüpfte zurück, Nachschuss, er landete genau im richtigen Loch. Das Stadion jubelte.

Aber der Treffer zählte nicht!

Madonna spuckte vor Aufregung ihre Kleeblüte aus. Die nächsten zwei Bälle verwandelte Anthony souverän in Punkte. Drei Treffer! Seine Fans hinter der Absperrung hüpften auf und ab.

Anlauf, Schuss – yeah!

Noch mal!

Fünf Punkte für Anthony! Die Klasse jubelte.

Aber Fabi mit den langen Beinen holte ebenfalls fünf Punkte!

Tapfer ertrug Jo seine Niederlage.

Ein Stoffpinguin kam angewatschelt und legte von hinten die Flügel um seinen Bauch. Die Leute im Stadion lachten und klatschten. Sie hielten Juri für ein Maskottchen! Genauso wie den plüschigen Schimpansen, den rosa Flamingo und das lustige Krokodil, die sich schon den ganzen Nachmittag lang im Stadion tummelten.

Kurze Trinkpause für alle, dann kam der letzte, entscheidende Durchgang.
Anthony kniete sich ins Gras und streichelte sein Meerschweinchen.
Ein Platz war weg. Svea aus der Dante-Schule hatte ihn ergattert.
Jo verließ den Rasen und setzte sich zu seiner Klasse ins Publikum.
„Tut mir echt leid, Jo“, sagte Ida zerknirscht.
„Ach was!“, antwortete Jo und legte den Arm um sein Maskottchen. „Anthony ist heute einfach besser drauf als ich!“

Jetzt kam die Todesrunde!
Diesmal sollten Fabi und Anthony, die beiden letzten Kandidaten, die Bälle nicht nacheinander abfeuern, sondern abwechselnd.
Einmal Fabi, einmal Anthony.
Anthony versuchte, gleichmäßig ein- und auszuatmen.
Er musste seine Lungen mit Sauerstoff füllen!
„Denk an das Töpfchen“, kicherte Madonna.
Fabi mit den langen Beinen begann.
Er legte sich den Ball zurecht, kniff die Augen zusammen – Treffer!
Seine Fans johlten.
Bis zum nächsten Schuss blieben Anthony nur ein paar Sekunden. Er nutzte sie, um sich zu seiner Klasse zu drehen.
Lothar und sein Känguru federten nervös auf und ab, Oliver rief ihm irgendetwas zu, was Anthony nicht verstand.
Alle schwenkten ihre Arme. Sie feuerten ihn an!

Ja, er würde gern ins Camp fahren! Aber auf einmal wollte Anthony den Sieg nicht mehr für sich. Er wollte ihn für seine Klasse! Und für Madonna!

Jetzt kam es darauf an, alles zu geben!

Anthony nahm Anlauf, schoss – und hatte so viel Kraft wie nie zuvor. Und tatsächlich: Er traf das linke obere Loch! Applaus!

„Du wirst König!“, quiekte Madonna begeistert. „Juhu!“

Aber Fabi zog nach.

2 : 1

Anthony schoss – Treffer!

2 : 2

Das Stadion hielt den Atem an.

Zack, zack!

3 : 3

Dong! – Fabi erwischte die Latte.

Wutsch! – Treffer für Anthony!

4 : 3 für die Wintersteinschule!

Noch zwei Schüsse für jeden.

Fabi nahm Anlauf – Treffer!

Anthony schoss – daneben!

4:4
Das Stadion tobte.
Und plötzlich war Mario Winkler da.
Das Idol aller Fußballspieler stellte sich lässig neben das Tor. Die letzten beiden Schüsse wollte er aus der Nähe sehen.
Fabi starrte zu Mario und schlenkerte nervös mit den Armen. Schnell drehte er sich weg, schüttelte die Handgelenke durch, rannte zum Ball, schoss …
Daneben!
Ein enttäuschter Seufzer zog sich durch das gesamte Stadion.
Anthony guckte nicht zu Mario und verkniff sich einen Blick zu seiner Klasse. Er blickte nur zu dem kleinen rot-weißen Fleck im grünen Gras.
„Denk an das Töpfchen!“, quiekte Madonna.
Anthony schloss einen Moment lang die Augen.
Als er sie wieder öffnete, lag das rechte, untere Loch so groß und schwarz vor ihm, als wäre es Matteos Garage.
Er schoss – und schloss die Augen. Erst als im Stadion

Jubel ausbrach, traute er sich, die Augen wieder zu öffnen.
Ein kleiner rot-weißer Fleck sprang aufgeregt auf und ab und wirbelte mit einer Kleeblüte!
Im selben Moment stürmte Mario Winkler herbei und schüttelte erst Svea, dann Anthony die Hand.
„Ihr habt Talent!", lobte er. „Glückwunsch! In meinem Camp bekommt ihr den letzten Schliff!"
Die Klasse strömte aufs Spielfeld, um Anthony zu gratulieren. Sogar der Hausmeister klopfte Anthony anerkennend auf die Schulter.
„Caramba! Du bist der König!" Madonna schoss heran. „Und ich deine Königin! Wo ist unsere Kutsche?"
„Die ist hier!", riefen Juri und Tingo, zwei Maskottchen. Und dann stellten sich die Kinder und Tiere in zwei Reihen auf, umfassten ihre Unterarme und warfen Anthony und Madonna hoch in die Luft.

22. Kapitel

Letzte Vorbereitungen

Mr. Morrison saß in der Küche und putzte seine Lederstiefel. Die Bürste glitt hin und her.

„Mach dich nur fein!“, trällerte Pinkie. „Bald ist er da, der grooooße Tag!“ Mortimer runzelte die Stirn. Besonders toll würde sein Geburtstag nicht werden. Mary hatte sich nicht gemeldet. Jedes Mal, wenn er von draußen hereinkam, fiel sein Blick auf den Anrufbeantworter. Kein Licht blinkte, kein Anruf.

„Soll ich Kartoffelsalat machen?“, fragte Mortimer. „Für unser Picknick? Oder besser einen Kuchen backen?“ Auf einmal fühlte er sich doch verpflichtet, etwas vorzubereiten.

„Ich will nur ein Butterbrot“, flötete Pinkie, die natürlich wusste, dass es morgen so viele leckere Sachen gab, dass sogar Peperoni schlecht werden würde. Sie presste den Schnabel zusammen, als wäre er mit Superkleber zugeklebt. Wie schwer es ihr fiel, nichts zu verraten!

Mortimer Morrison stellte seine Stiefel ordentlich neben die Tür. „Gut, dann hole ich uns morgen frische Brötchen!“ Er war froh, dass Pinkie so genügsam war – er hatte heute gar keine Lust auf Küchenarbeit. Und überhaupt: Wer machte sich seinen Geburtstagskuchen schon selbst?

Luna und Franka kämpften mit einem gewaltigen Berg an Kleidern, Schals und Blusen.

„Mann, hat die viele Klamotten!“, staunte Cooper.

Frau Nadolny schleppte immer neue Sachen an. Aus Keller, Dachboden und Abstellkammer. Luna sollte aussortieren, was sie behalten wollte und was wegdurfte. Aber Luna konnte sich einfach schlecht trennen, selbst von den Sachen, aus denen sie längst herausgewachsen war.
„Oh süß, diesen Rock hatte ich an meinem ersten Schultag an!“ Sie hob einen roten Samtrock hoch.
„Damals hatten wir Herrn Finke!“ Franka erinnerte sich. „Ich hatte so viel Angst, ich hätte mir fast in die Hose gepinkelt.“
„Echt? Du?“ Luna lächelte. „Du wirkst immer so, als würdest du dich vor gar nichts fürchten!“
Franka zuckte mit den Schultern. „Ich lass mich nicht gern durchleuchten. Du ja auch nicht, oder?“
Luna nickte zerknirscht. „Ach, es tut mir so leid, dass ich dir nichts erzählt habe. Aber ich war so durcheinander, ich fand alles schrecklich. Ich hab dann zusammen mit Salim irgendwie versucht, uns unsere Zukunft rosarot auszumalen.“ Luna gab ihrem Falken einen Kuss aufs Köpfchen. Sie sah Franka an.

„Dabei pinkle *ich* mir jetzt fast in die Hose vor Angst. Ich will hierbleiben, bei dir und Miss Cornfield und den anderen magischen Tieren. Nichts lieber als das!" Doch als sie sich umsah, spürte sie, dass es nicht die ganze Wahrheit war. Ihr Zimmer sah schrecklich aus. Da, wo gestern noch Poster hingen, waren graue, hässliche Ränder. Ihr Himmelbett war längst zerlegt. Nur eine Matratze lag noch am Boden. Das war kein Zuhause mehr.

Franka fühlte, was in Luna vorging. „Wollt ihr, Salim und du, heute Abend bei uns übernachten?" Sie legte den Arm um Lunas Schulter. „Dann können wir morgen gleich zusammen zu Mr. Morrisons Geburtstagsparty gehen!"

Luna lehnte sich gegen ihre Freundin. „Danke für das Angebot. Wir übernachten sehr gern bei euch. Aber morgen …", ihre Stimme zerbrach, „… sind wir schon weg. Die Umzugsmänner kommen um 10 Uhr und laden alle Möbel ein. Die Kisten schleppen meine Eltern und ich. Wenn wir fertig sind, geht es gleich los. Der Möbellaster fährt vorneweg, wir hinterher."

Auf einmal bebten ihre Schultern und Luna begann hemmungslos zu schluchzen. „Meine Zeit läuft ab. Wenn ihr *Happy birthday* singt, bin ich schon über alle Berge."

Franka war sprachlos. Dann wurde sie wütend. Sie stemmte die Arme in die Hüften. „Ihr seid *morgen Vormittag* schon weg?", rief sie.

Ratte Cooper sträubte ihr Fell. „Und wer sitzt dann an der Spitze der Pyramide? Salim, du warst so ein schönes Engelchen!"

Salim legte den Kopf schief. „Vielleicht Eugenia?“, fragte er hilflos.

Cooper schüttelte entsetzt den Kopf. „Die kotzt nur wieder!“

„Ob wir morgen oder übermorgen weg sind, ist doch egal“, schniefte Luna.

„Ist es eben nicht!“ Zornig stampfte Franka mit den Füßen auf. „Du glaubst wohl, für uns ist es ganz normal, wenn ihr weggeht? Meinst du etwa, wir machen einfach weiter, als wäre nichts gewesen?

Meinst du, dass wir euch einfach vergessen? ‚Tschüss, Luna und Salim, war nett, dass ihr bei uns gewesen seid. Bye-bye, wie cool, dass wir ein Geheimnis miteinander teilten. Aber ist ja jetzt egal! Aus, vorbei! Auf Nimmerwiedersehen!'"
Luna und Salim sahen Franka erschrocken an.
Cooper versuchte, seine Gefährtin zu beruhigen, doch die steigerte sich immer weiter in ihre Wut hinein und hörte erst auf zu schimpfen, als irgendwo in der Wohnung etwas auf den Boden krachte.
„Sorry!" Luna wischte sich mit dem Ärmel die Tränen aus dem Gesicht. „Es tut mir leid, Franka. Wirklich."
„Ich kann's nicht mehr hören", stöhnte Franka.
Und dann gelang es Cooper doch noch irgendwie, die Stimmung zu drehen. Er stellte sich in die Mitte und rief: „Hört mal: Jetzt lasst uns die letzten Stunden, die wir noch miteinander haben, genießen! Keine Tränen mehr. Einverstanden?" Er blickte die anderen fragend an. Salim übersetzte.
Und die Mädchen zuckten hilflos mit den Schultern.
„Einverstanden."

Luna stopfte Schlafanzug und Zahnbürste in ihre Umhängetasche und gab ihren Eltern Bescheid, dass sie bei Franka schlafen wollte.
„Sei aber morgen pünktlich um 10 Uhr hier!“, sagte Frau Nadolny, die gerade Bilderrahmen abhängte. Als sie die traurigen Gesichter der Mädchen sah, überlegte sie es sich anders. „Ach was, frühstückt noch in Ruhe, 11 Uhr reicht auch! Wir können die Kisten auch alleine schleppen.“

Während Anthony zu Hause mit seiner Torschützenkönig-Urkunde durch die Küche tanzte und sich feiern ließ, bereitete Herr Lindbergh im Luisenweg das Abendessen zu. Es duftete nach Zwiebeln und geschmolzenem Käse.
Luna entwischte ein Lächeln. Hatte Franka die ganze Familie wegen ihrer magischen Ratte auf Käsegerichte umgepolt?
„Ach, Luna!“ Frau Lindbergh schloss die beste Freundin ihrer Tochter in die Arme. „Wie schade, dass

du wegziehst! Und wie schön, dass du den letzten Abend mit uns verbringst!"

Frankas Eltern wollten alles wissen: an welche Schule Luna kam. Wie ihr neues Zimmer aussah. Ob sie schon jemanden aus ihrer neuen Klasse kannte.

Als Franka und Luna den Tisch für das Abendessen deckten, klingelte das Telefon. „Für dich, Franka!", rief Kaja, Frankas große Schwester.

„War Ida", sagte Franka knapp, als sie zurückkam. „Wegen dem Geburtstag morgen."

Für einen kurzen Moment senkte Luna den Kopf. Aber bald hatte sie allen Kummer wieder weit weggeschoben. Luna war glücklich, weil bei Familie Lindbergh alles so normal war. Die Schränke waren mit ausreichend Geschirr gefüllt und auf den Böden lagen Teppiche. An den Wänden hingen Bilder, auf den Fensterbrettern standen Blumen und Grünpflanzen. Und Luna? Sie durfte es sich einfach gut gehen lassen. Sie musste nichts machen. Nicht reden, nichts erklären, sich für nichts entschuldigen. In den letzten Tagen hatte sie so viel durchgemacht und so viele

Dinge falsch gemacht, dass sie dringend eine Pause brauchte.
Frankas Mutter servierte einen köstlichen Blätterteig-Käse-Auflauf und Luna merkte, wie hungrig sie war. In den letzten Tagen hatte sie fast nichts gegessen. Die Stimmung zu Hause war so angespannt gewesen.
Die Lindberghs quasselten munter durcheinander. Frankas Eltern unterhielten sich über die Arbeit, Kaja erzählte vom Freund ihrer Freundin, der aus irgendeinem Grund ziemlich doof war.
Salim und Cooper schmatzten hinterm Vorhang.
Luna dachte daran, was Cooper gesagt hatte: Lasst uns die letzten Stunden genießen!
Und genau das machten sie.
Nach dem Abendessen holten sie ein Brettspiel hervor und spielten ein Spiel, bei dem es darum ging, dass Schnecken einander überholten. Sogar Kaja machte mit. Dazu hörten sie Musik von *Tausendsassa*.
Franka und Luna fassten sich unter der Tischplatte an den Händen.
Luna fühlte sich so wohl wie schon lange nicht mehr.

23. Kapitel

Mortimers Geburtstagsmorgen

Mortimer wachte auf und streckte sich. Heute war sein Geburtstag! Die Sonne blinzelte durch die Vorhänge hindurch. Wo war Pinkie, seine allerbeste Freundin?

„Herzlichen Glückwunsch, Boss!"

Da kam sie auch schon angeflattert. Im Schnabel trug sie ein Geschenk, das sie in einem von Mortimers großen Stofftaschentüchern eingewickelt hatte. „Bitte schön!" Das Bündel purzelte auf die Bettdecke.

Mortimer lächelte. „Dankeschön, Pinkie!"
Er packte sein Geschenk aus und freute sich sehr: Es war der Kompass, den er schon seit Tagen gesucht hatte! Seine Fingerspitzen kribbelten. Es wurde tatsächlich mal wieder Zeit für eine Reise!
Murphy tapste herein, gefolgt von einer Giftschlange, einem Streifenhörnchen und zwölf Erdmännchen. In den Händen trug der Eisbär eine durchsichtige Plastikbox. „Die Wattwürmer gratulieren auch, Boss!"

Mortimer war gerührt.
Und schon begann der Wattwurm-Kindergarten zu singen: „*Hoch soll er leben, hoch soll er leben, drei Mal hoch!*" Alle Würmer piepsten durcheinander.
Mortimer strahlte vor Freude. „Danke, liebe Freunde, danke!" Er schwang die Beine aus dem

Bett und schlüpfte in seine Pantoffeln. „Dann will ich mal los, zum Bäcker radeln!“

„Schon erledigt!“, japste Murphy und zog ein sehr verbranntes Brot hinter dem Rücken hervor. „Wir haben gestern noch extra für dich gebacken!“

„Du hast so laut geschnarcht“, kicherte Pinkie, „dass du gar nicht gemerkt hast, wie wir die Küche verwüstet haben.“

Tatsächlich herrschte unten ein gehöriges Durcheinander.

Aber das störte den Inhaber der magischen Zoohandlung nicht. Einträchtig saß er mit seinen Tieren um den Tisch herum und futterte ein Marmeladenbrot nach dem anderen. Gestern war er noch ein wenig traurig gewesen, weil seine Schwester anscheinend seinen Geburtstag vergessen hatte, nun machte es ihm gar nichts mehr aus. Mary hatte viel zu tun – und er hatte die besten Geburtstagsgäste der Welt.

Er sah auf die Uhr. „Es ist zehn, wollen wir los? Wer kommt mit?“

Leonardo winkte ab. „Ich muss noch was erledigen!“

„Wir räumen die Küche auf!“, versprachen die Erdmännchen.

„Ich pass mal lieber auf den Kindergarten auf!“, brummte Murphy.

Mortimer war einverstanden. Er war glücklich, mit Pinkie zusammen zu sein.

Sie radelten aus der Stadt, Pinkie saß wie so oft in der Kiste auf dem Gepäckträger. Es tat so gut, sich den Wind um die Nase wehen zu lassen und mit Pinkie Schlager zu singen.

„Ein Freund, ein guter Freund, das ist das Beste, was es gibt auf der Welt …“, schmetterten sie.

Mortimer freute sich auf eine schöne lange Fahrradtour. Doch schon nach einer Stunde wollte Pinkie Pause machen.

„Wir haben doch erst gefrühstückt“, wunderte sich Mortimer.

„Ich hab aber Hunger!“, quengelte Pinkie. „Lass uns die Butterbrote essen.“
Mortimer schüttelte den Kopf. War das Pinkie, seine sonst so unternehmungslustige Freundin?
Sie breiteten die Decke aus und machten ein kleines Picknick. Danach schloss Mortimer die Augen für ein Nickerchen.
Als er wieder aufwachte, klagte Pinkie über schreckliche Bauchschmerzen. Besorgt nahm Mortimer die Elster hoch. „Du wirst dir doch nicht den Magen verdorben haben? Was haben die Erdmännchen bloß in den Teig getan? Mach mal Aaah!“
Brav öffnete Pinkie den Schnabel.
„Komisch“, murmelte Mr. Morrison. „Kann nichts entdecken …“
„Es tut aber so weh!“ Die Elster krümmte sich vor Schmerzen.
Der Inhaber der magischen Zoohandlung erschrak. „Willst du nach Hause?“ Ohne eine Antwort abzuwarten, setzte er Pinkie in die Kiste an seinem Fahrrad.

„Nicht nach Hause!“, jammerte Pinkie. „Ich will zu Mary!“

Das hielt Mortimer für keine gute Idee. „Bestimmt muss sie Schularbeiten korrigieren. Wenn Mary sich mit mir treffen will, ruft sie an. Hat sie aber nicht!“ Er stieg auf das Klapprad und radelte vorsichtig los. Er fuhr extra langsam und legte sich kein bisschen in die Kurven. Immerhin hatte er einen kranken Vogel im Gepäck!

Aber was hörte er jetzt?

„Schneller, schneller!“, trötete es aus der Kiste. „Ich will zu Mary! Oh, mein Bauch tut so weh! Mary weiß bestimmt, was zu tun ist!“

Mortimer knurrte. Wenn sich jemand mit Krankheiten auskannte, dann ja wohl er!

Aber Pinkie gab einfach nicht nach.

Und so erreichten sie kurz vor zwei Uhr den Veilchenweg.

24. Kapitel

„Happy birthday!“

Mortimer wollte nicht klingeln. Also übernahm Pinkie das für ihn. Mit ihrem spitzen Schnabel drückte sie auf den Knopf. Oben ging ein Fenster auf.

„Hallo, Mortimer! Was machst du denn hier?“

Mortimer wurde rot. „Äh, Pinkie hat gemeint …“

Da begann Mary zu lachen. „Komm schnell in den Garten, Geburtstagskind!“

Als Mortimer um die Ecke bog, traute er seinen Augen

kaum: Murphy empfing ihn mit einem Geschenk in der Hand. Die Erdmännchen hielten Muffins in den Pfoten, in denen brennende Kerzen steckten. Ashanti zischte: „Da staunssst du, wasss, Bosss?!“ Der Biber nickte ihm zu, Leonardo winkte von oben aus einem Baum: „Alles Gute, Mortimer!“

Doch es wurde noch besser: Alle Kinder aus Marys Klasse waren da – und natürlich alle ihre magischen Tiere! Sie standen in drei Reihen da und strahlten ihn an.

Nur Zeki drehte ihm sein stacheliges Hinterteil zu.

Er hob die Pfoten und schon begannen alle gleichzeitig zu singen:

„Happy birthday to you! Happy birthday to you!“

Zack spielte Gitarre, Henry spielte Saxofon, Oliver hatte seine Cajon mitgebracht.

„Happy birthday, lieber Mortimer, Happy birthday to you!“

In der Wiese stand die Plastikbox mit den Wattwürmern. Zeki hatte den Deckel darauf gestülpt, damit man die falschen Stimmen nicht so laut hörte.

Mortimer war glücklich bis in die Haarspitzen. Als das Geburtstagsständchen zu Ende war, küsste er Mary auf die Backen. „Ich dachte schon, du hättest mich vergessen!“ Tränen der Rührung tropften aus seinen Augen.

„Wir haben dich ganz schön auf die Folter gespannt, was?“ Mary lächelte. „Pinkie musste sich sehr zusammenreißen, dass sie sich nicht verplapperte!“

Mortimers Blick wanderte von einem Gesicht zum nächsten. Anthony war da! Mit Madonna auf dem Arm! Wie gut – anscheinend hatten die beiden sich zusammengerauft.

Er entdeckte einen unbekannten Jungen und nickte ihm freundlich zu. Zwei Gesichter allerdings vermisste er.

„Wo stecken denn Luna und Salim?“

Und dann fiel ihm auf, dass auch Franka und Cooper fehlten. „Wo sind die vier?“

„Wir wissen es nicht“, sagte Miss Cornfield. „Ich habe schon versucht, sie zu erreichen.“

Ida verhielt sich ganz still. Gestern, als sie mit Franka

telefoniert hatte, hatte sie erfahren, dass Luna nicht zur Party kommen konnte. Und die zwei Mädchen hatten einen Plan geschmiedet …

„Wir haben auch noch eine Überraschung vorbereitet“, platzte der Biber heraus. „Sobald alle da sind, geht's los!“

Er erntete einen tadelnden Blick von Muriel. „Das ist doch geheim!“, zischte die Eule.

„Ich hab doch nicht gesagt, dass die Überraschung eine Pyramide ist“, quasselte der Biber munter weiter.

Zum Glück stand Mortimer gerade am Kuchenbüffet und ließ sich von Anna-Lena eine knusprige Waffel servieren. Mit Sahne und Kirsche obendrauf, so, wie er es liebte!

Als er Murphys Geschenk auspackte, musste er lachen. Es war ein Buch mit dem Titel: *„Ausflugstipps in Wald und Flur“*. Er strich über den Einband. „Wo hast du das denn gefunden?“

„Pinkie hat das Buch im Holzstapel versteckt!“, grinste Murphy. „Wir mussten schließlich dafür sorgen, dass du in der Nähe bleibst!“

Und wie verlief der Samstagvormittag bei Franka, Cooper, Salim und Luna?
Nach dem Frühstück begleitete Franka ihre Freundin nach Hause. Die beiden Mädchen trugen Blumentöpfe nach draußen, schleppten Kisten und kehrten den Dreck aus den Zimmern.
Um kurz nach zwei waren sie fertig.
„Jetzt beginnt die Party", sagte Luna und blickte auf die Uhr. „Und du bist nicht dabei!"
„Ich würde eh nur rumheulen", antwortete Franka und deutete in Richtung Möbelwagen. „Gleich ist Abfahrt!"
Die Umzugsmänner nahmen Platz, Lunas Eltern warteten bereits im Auto. Luna musste nur noch auf die Rückbank schlüpfen.
Luna schluckte. „Also dann …"
Salim saß auf ihrem Arm und ließ den Kopf hängen. Hilflos standen sie da.
Das Lied von *Tausendsassa* schoss Luna durch den

Kopf: *„Jeder Abschied ist ein bisschen wie Sterben! Nicht wahr, kleiner Stern im Sand?“*
Franka und Cooper aber guckten zum Möbelwagen, als würden sie auf irgendetwas warten. Und tatsächlich: Die beiden Männer stiegen wieder aus, einer mit dem Telefon am Ohr.
„Motor kaputt“, hörten die Mädchen ihn sagen. „Wir brauchen ein Ersatzfahrzeug!“ Er hustete. „Was? Das kommt erst in zwei Stunden?“
Während Herr und Frau Nadolny aus dem Auto stiegen und heftig mit den Männern diskutierten, zog Franka Luna am Arm.
„Hast du das gehört, Luna?“ Franka lachte. „Jetzt hast du keine Ausrede mehr. Auf zur Party!“

Die Tiere warteten und warteten, aber irgendwann hielten es die Erdmännchen einfach nicht mehr aus. Als sie begannen, Schnittlauchblüten auf das Kuchenbüffet zu werfen, gab Muriel das Startsignal. „Eins, zwei und dreiii!“, kreischte sie.

Alle kletterten los.
Mortimer konnte kaum glauben, was er sah. Was hatten die magischen Tiere vor?
Ein Erdmännchen krabbelte geschickt auf Williams Schulter, das nächste hing sich an Murphys Arm. Polly stand aufrecht wie ein Zinnsoldat auf Peperonis Rücken, an ihrem Schnabel baumelte eine Fledermaus. Karajan kletterte auf Toffi und nahm anschließend das Chamäleon auf den Buckel. „Herzlischen Glückwünsch!", rief der Kater dramatisch und Mortimer lachte. Die Pyramide wuchs immer höher in den Himmel, aber etwas Wichtiges fehlte: die Spitze! Eugenia weigerte sich, Salims Platz einzunehmen. „Ich bleiberich bei Polly!"
Benni hatte seine Kamera von zu Hause mitgebracht. Er konnte sich nicht entschließen, auf den Auslöser zu drücken. Das Bild war einfach nicht perfekt! Wo war Cooper? Er sollte doch auf Mette-Majas Robben-Nase eine Pirouette drehen!
„Ich kann nicht mehr", stöhnte Peperoni, der vier Tiere auf seinem Rücken trug.

„Meine Knie zittern!“, gestand Polly.

„Haltet noch ein bisschen durch!“, bat Ida und guckte zum Himmel.

„Muskeln anspannen!“, rief Rabbat. „Und noch mal tief Luft holen!“

Da, plötzlich – ein schwarzer Fleck erschien zwischen den Wolken.

Es war ein Falke im Landeanflug!

Auf seinem Rücken saß – Ratte Cooper!

„Cool, Baby!“, schrie die Ratte und warf sich nach links und nach rechts, wie ein Cowboy, der betrunken war. „Wir sind komplett! Jetzt geht die Party richtig los!“

Durch das Gartentor kamen Luna und Franka gerannt. „Wir haben es auch noch geschafft!“

Mary Cornfield winkte die Mädchen in den Garten. „Oh wie schön, dass ihr da seid! Kommt rein, kommt rein!“

Das Streifenhörnchen Leonardo saß im vierten Stockwerk der Pyramide. Ida zwinkerte ihm zu. „Danke, das hast du gut gemacht!“

Salim flatterte an die Spitze und strahlte wie ein Rauschgoldengel an Weihnachten. Cooper drehte sich vergnügt auf der glitschigen Robbennase.

Benni fotografierte und fotografierte.

„Mr. Morrison, bitte in die Mitte!“

Und tatsächlich gelang es den Tieren irgendwie, Mortimer in ihre Mitte zu nehmen, ohne dass die Pyramide umfiel.

„Ameisenscheiße!“

Alle lachten, Benni fotografierte ein allerletztes Mal – dann purzelte die Pyramide in sich zusammen.
„Hupsi-pupsi!“, ächzte Caspar und krabbelte unter Toffis Bauch hervor. „Das war lustig.“
Luna hatte von ihrer Mutter das Familienhandy mitbekommen. Frau Nadolny wollte anrufen, sobald der Ersatzwagen bereitstand. Doch das Handy klingelte nicht.
Max, der Professor, trat vor. „Wir haben noch ein Abschiedsgeschenk für dich!“ Er gab Finja und Eddie einen Wink.

Und Luna staunte: Die beiden hielten ein Haus in den Händen, das aussah wie die Wintersteinschule! Die Schule war aus Pappe und hatte 24 Fenster. Hinter jeder Öffnung klebte eine Schachtel.
„Du kannst die Fenster öffnen, wie bei einem Adventskalender“, erklärte Finja, die das Haus mit Eddie bunt angemalt hatte. „Jeden Tag eins!“
„Nach 24 Tagen hast du dich bestimmt schon ein bisschen an der neuen Schule eingelebt“, ergänzte Ida, von der die Idee stammte. Sie wusste genau, wie es sich anfühlte, an einer Schule die Neue zu sein und niemanden zu kennen.
„Manchmal geht es auch schneller als 24 Tage“, warf Oliver ein und streichelte lächelnd das Stachelschwein, das auf Zacks Schulter saß.
Gerührt nahm Luna das Geschenk entgegen.
Jeder Klassenkamerad hatte eine Erinnerung hinter dem Fenster versteckt.
Ida hatte ein Bild gemalt, auf dem Mr. Morrison, Rabbat und sie selbst drauf waren. Es zeigte die Szene, als sie ihren Fuchs bekommen hatte.

Schoki hatte eine kleine Tüte Kabapulver besorgt und einen Brief geschrieben: „Lass es dir schmecken! Viele Grüße! Schoki und Peperoni!"
Eddie und Eugenia hatten einen Comic gezeichnet, in dem eine Fledermaus und ein Falke um die Wette flogen. Die Fledermaus gewann!
Anna-Lena hatte ein Foto herausgekramt, das sie zusammen mit Luna beim Theaterstück zeigte. Anna-Lena war Robin Hood gewesen, Luna hatte Maid Marian gespielt. Jedem war etwas eingefallen, sogar Oliver. Der hatte den Schwur aufgeschrieben, den er schon auswendig konnte.
Plötzlich klingelte Lunas Handy.
„Mama?" Luna hielt sich das Gerät ans Ohr.
„Oje", murmelte sie. „Kabel durchgebissen? Und was machen wir nun?" Die anderen hörten mit.
Als das Gespräch zu Ende war, schaute Luna in die Runde. Und entdeckte Leonardo, der versuchte, sich hinter Mortimer Morrisons Stiefel zu verstecken.
Tadelnd hob sie ihren Zeigefinger. „Leonardo, hast du etwa …?"

Leonardo machte sich noch kleiner. „Äh, war nicht meine Idee! Frag mal Ida und Franka …"
Luna runzelte die Stirn: „Was sagt er, Salim?"
Als die magischen Tiere übersetzten, herrschte im Garten großes Gelächter.
„Nicht übel, gar nicht übel", freute sich Henrietta.
„Gut gemacht, Kumpel", rief Rick, das Krokodil, und rülpste aus voller Kehle.
Ida und Franka nahmen Luna in ihre Mitte.
Ida erzählte, wie sie es eingefädelt hatte. „Gestern hab ich Franka angerufen", berichtete sie, „es ging um dein Abschiedsgeschenk. Da hat Franka erzählt, dass du gar nicht zur Party kommen kannst! Also haben wir einen Plan ausgeheckt und Leonardo um Hilfe gebeten."
Schoki stellte sich neben Ida. „Wir sind echt traurig, dass ihr wegzieht."
„Und wir müssen uns doch ordentlich verabschieden!", ergänzte Max. „Alles andere ist doof."
Luna wusste nicht, was sie sagen sollte. „Danke!", stotterte sie. „Das ist total lieb von euch. Es ist nur …"

„Ja?“, fragten die anderen.
Luna guckte zerknirscht in die Runde. „Meine Mama ist echt sauer. Der neue Möbelwagen ist zwar da, aber die Männer streiken. Sie wollen die gleiche Arbeit nicht noch mal machen!“
Jo und Silas nickten einander zu. „Da können wir helfen!“
Anthony ließ sich das nicht zwei Mal sagen. „Gemeinsam sind wir stark!“
„Ist doch eine Kleinigkeit“, brummelte Murphy.
Und schon machte sich die ganze Geburtstagsgesellschaft auf den Weg in den Keplerweg 17.

Herr und Frau Nadolny waren hin und weg, als sie Mr. Morrison, die Lehrerin und die vielen Kinder sahen. „Und diese Tiere, das sind Maskottchen aus dem Stadion, vom Fußball-Casting?“, fragten sie verwirrt. „Und alle wollen helfen?“
„Jawohl!“, rief Mortimer und gab das Kommando:

„Alles umladen!“ Er war schließlich der Einzige in der Runde, der alle verstand!

Und weil ein Eisbär, ein Schimpanse, viele Kinder und einige Supersportler ordentlich was schleppen konnten, war die Arbeit in Nullkommanix erledigt.

Der Umzugswagen war abfahrtsbereit!

Luna hatte Tränen in den Augen, als sich alle von ihr verabschiedeten. „Ihr seid die tollsten, magischsten Freunde, die man sich nur vorstellen kann. Ich komme euch bald besuchen!“

„Schreib uns, Luna!“

„Gute Fahrt!“

„Auf Wiedersehen!“
Miss Cornfield räusperte sich. „Liebe Luna“, sagte sie. „Wir wünschen dir von ganzem Herzen alles Gute! Salim hat versichert, dass er gern bereit ist, Briefträger zu spielen. Schick uns bald eine Nachricht, ja? Damit wir wissen, dass du dich gut eingelebt hast! Wir werden dich immer in unserem Herzen bewahren! Tschüss, Luna, tschüss, Salim! Passt auf euch auf!“
Die Umzugsmänner kletterten auf ihre Sitze, Herr Nadolny steckte den Kopf aus dem Auto. „Luna, kommst du?“, fragte er.
Luna drückte Franka ein allerletztes Mal.
Cooper schmiegte sich an Salims weiches Gefieder.
„Ich komme dich ganz bald besuchen!“, rief Franka, als Luna ins Auto stieg.
„Darf ich mitkommen?“, rief Finja. „Zusammen mit Sydney?“
Luna nickte und ließ die Tür zufallen. Die Klasse winkte ihr noch lange nach. Schließlich verschwanden Miss Cornfield, Mr. Morrison, ihre Freunde und die magischen Tiere in der Ferne.

Luna sackte auf der Rückbank zusammen. Der Abschied war wunderschön gewesen! Wunderschön und traurig zugleich.
Erschöpft schlief sie ein. Mit Salim auf dem Schoß, der genauso müde war wie sie.

Letztes Kapitel

Überraschung, Herr Wondraschek!

Ida und Rabbat sahen das Feuerwehrauto schon von weitem. Und begannen zu rennen. Hoffentlich war an der Schule nichts passiert!
Es war Montagmorgen und Ida hatte gehofft, dass diese Woche ruhiger werden würde. Keine Referate, keine Partyvorbereitungen, keine Abschiede, keine Verabredung mit dem süßesten Jungen der Welt …
Oder doch?

„Hallo, Ida!" Jo stand an der Ampel und wartete auf Grün. Er winkte ab, als er ihr erschrockenes Gesicht sah. „Kann nichts Schlimmes sein, es gibt nicht mal eine Absperrung!"
Ida atmete erleichtert aus.
Die Ampel sprang um und Ida und Jo spazierten nebeneinander in Richtung Wintersteinschule.
Begleitet wurden sie von ihren magischen Tieren.
Jo hatte recht. Nirgendwo hing ein Absperrband und es gab auch nur einen einzigen Feuerwehrmann. Und das war Mütze, Willi Wondrascheks bester Kumpel!
Ganz allein stand er oben auf der Drehleiter. Die Kinder kannten Mütze, seit er einmal beim Schulfest geholfen hatte.
„Was macht der denn da oben?", wunderte sich Pinguin Juri.
Jo stellte fest: „Er kratzt die Plakate ab!"
Willi Wondraschek stand neben der Drehleiter und hatte richtig gute Laune!
Er hatte nämlich am frühen Morgen erfahren, wer der Übeltäter war, der die Plakate an die Wände

geklatscht hatte: Mütze! Seinem Freund konnte er wirklich nicht böse sein. Und weil er einen Feuerwehr-Spezialschaum dabeihatte, gingen die Plakate ganz leicht von der Wand.

„Ich hatte eine Wette mit meinem Enkel laufen!“, hatte Mütze ihm am Morgen erzählt und einen Kasten Bier mitgebracht. „Die Wette ging so: Wer schafft es, die meisten Plakate aufzuhängen? Sie mussten allerdings mindestens eine Woche hängen bleiben!“

Ehrensache, dass Mütze gewann.

„Und was war der Wetteinsatz?“, fragte Ida neugierig.

„Mein Enkel lädt mich heute Nachmittag ins *Eiscafé Roma* ein!“, rief Mütze von der Drehleiter herab. „Willi, kommst du mit?“

Das ließ sich der Hausmeister nicht zweimal sagen.

Fast zur gleichen Zeit lauerten Anthony und Madonna hinter einer Hecke am Veilchenweg darauf, dass Miss Cornfield das Haus verließ.

Als sie endlich weg war, schlichen sie die Einfahrt

entlang und tauschten den kaputten Gartenzwerg aus. Anthony hatte Madonna von dem Missgeschick erzählt – und das Meerschweinchen hatte darauf bestanden, dass er den Schaden wieder gut machte. Trotzdem schafften es die beiden, pünktlich zum Unterrichtsbeginn an ihrem Platz zu sitzen. Denn Anthony war schnell! Und das Meerschweinchen war es auch! „Madonna!“, staunte Anthony, als er sein magisches Tier davonflitzen sah. „Das hättest du mir auch früher verraten können!“

„Du hast ja nicht gefragt!“, antwortete Madonna keck und holte Luft. Sie hatten die Schule erreicht. „Nimmst du mich jetzt hoch? Ich kann nämlich nur Kurzstrecke!“

Miss Cornfield fand, dass es mal wieder an der Zeit war, die Kinder umzusetzen. Franka saß ganz allein da, das ging nicht!

Alle Namen kamen in einen Lostopf und Ida zitterte, neben wem sie wohl landen würde.

Bitte nicht neben Jo! Dann würde sie vom Unterricht nur noch die Hälfte mitbekommen!
Ihr Name wurde aufgerufen, als Nächstes folgte – Helene! Ida und Helene saßen jetzt nebeneinander!
„Auch das noch“, brummte Rabbat.
„Ausgereschnet der Füchs“, stöhnte Karajan.
Franka landete neben Finja und die beiden Mädchen begannen sofort zu tuscheln. Wahrscheinlich planten sie einen Ausflug zu Luna.
Oliver kam mit Zack zusammen und freute sich sehr. Anthony landete neben Silas, was ebenfalls beide voll in Ordnung fanden. Nur Madonna wusste nicht recht, ob es ihr neben Rick gefiel.
„Boah, der hat echt Mundgeruch!“
„Psst!“ Anthony legte den Zeigefinger vor den Mund und grinste. Er war froh, dass er ein magisches Tier hatte, das nach Apfel und Zimt duftete!
Oliver sah sich im Klassenzimmer um. Er hatte sich längst daran gewöhnt, dass ein Hund an den Schultaschen schnüffelte und ein Flamingo Ballettübungen machte.

Was hatte Miss Cornfield gesagt?

Jeder, der es nötig hatte, bekam ein magisches Tier.

Fünf Kinder fehlten noch: Sibel, Leonie, Elisa, Matteo – und er selbst.

Oliver lächelte. Wer würde wohl der Nächste sein?

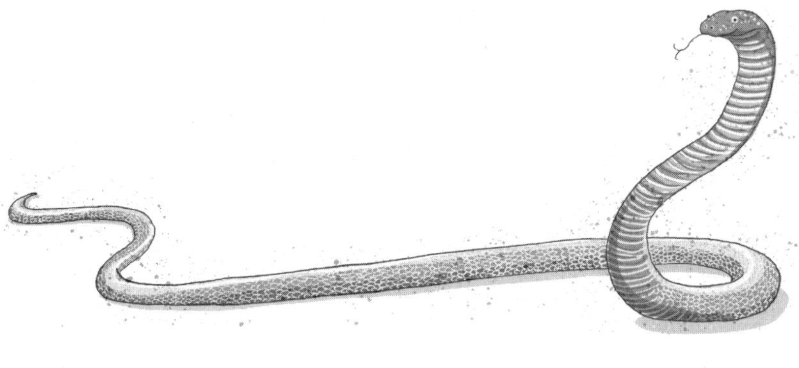

Mortimer Morrison strampelte durch die Gegend, nichts hielt ihn auf.

Der Wanderführer „*Ausflugstipps in Wald und Flur*“ gab eine Menge her! Er führte zu geheimnisvollen Höhlen, einem Badeweiher mit Kiosk, einer dicken Linde mit Bank drum herum.

Pinkie flatterte vergnügt vorneweg. „Hast du auch genügend Kartoffelsalat eingepackt? Und Würstchen? Ich liebe Würstchen!“

Mortimer lachte und trat in die Pedale. Murphys Training zahlte sich aus, er war ziemlich fit für sein Alter!

Mary hatte ihrem Bruder zum Geburtstag einen neuen Schal geschenkt, der lustig im Wind flatterte.

Zunächst nahmen Mortimer und Pinkie die Route, die sie schon am Samstag eingeschlagen hatten. Aber diesmal wollte es Mortimer weiter schaffen als bis zur Picknickwiese!

Sie folgten einem Fahrradweg, der gesäumt war von Schlehenhecken und kamen zu einer Mühle. Mortimer blickte sehnsüchtig zum Eingang. Ob es in dem alten Gemäuer magische Tiere gab?

Aber Pinkie wollte keine Pause machen. „Ich will fliiiegen!“, juchzte sie und machte einen Looping.

„Hallo, Kühe!“ Mortimer winkte einer Kuhherde zu. Sie muhten zurück.
„Hallo, Schafe! Hallo, ihr hübschen Schmetterlinge!“
Es kam keine Antwort. Konnte ihn keines der Tiere verstehen?
„Statt immer nur Tiere einzusammeln, könntest du doch auch mal eins aussetzen“, schlug Pinkie vor und landete auf Mortimers Fahrradlenker. Ihre Federn flatterten mit Mortimers Schal um die Wette. „Den dummen Biber zum Beispiel!“
Mortimer legte eine Vollbremsung hin. „Meine magische Zoohandlung steht allen Tieren offen“, ermahnte er die Elster.
„Auch dem dummen Biber?“ Pinkie blieb hartnäckig. „Gestern hat er alle Haselnüsse aus der Küche geklaut!“
Da musste Mortimer lachen. „Erzähl du mir nichts übers Klauen, meine liebe Elster! Erinnerst du dich noch an die alte Geschichte mit Idas Ohrring …“
Und schon waren die beiden wieder in alten Erinnerungen versunken. Sie hatten so viel zusammen erlebt!
Und weil die Würstchen und der Kartoffelsalat wirklich gut schmeckten, zeigte sich Pinkie gnädig. „Na gut, dann darf der Biber eben bleiben. Zumindest vorerst!“

Nachricht von Mary Cornfield,
aufgezeichnet auf dem Anrufbeantworter von Mortimer Morrison

„Mortimer! Wie konntest du es wagen, mir **alle** Tiere vorbeizuschicken – weil angeblich noch **sooo** viel Kuchen übrig ist? Den haben wir längst im Lehrerzimmer aufgefuttert! Komm **sofort** vorbei, um deine Bande abzuholen! Dieser Biber räumt mir die Speisekammer leer und die Erdmännchen sind außer Rand und Band! Hilfe! Mortimer!!!!!“

Hallo Leute, ich bin’s, Murphy, der Eisbär!

Ich muss euch unbedingt was erzählen. Es gibt jetzt nämlich etwas ganz Besonderes: eine App, mit der du beweisen kannst, dass du ein Freund der magischen Tiere bist! Deine Gefährten: zehn magische Tiere. Deine Aufgabe: Finde heraus, wie du sie in den Schulgarten locken kannst. Wer kommt angeflitzt, wenn ein Fußball auf der Schulwiese liegt? Wer streckt sein Näschen hervor, wenn eine Mülltonne klappert? Wer liebt Eis über alles? Ich hab ja keine Ahnung ...

Du vielleicht? Dann los!

Viel Spaß wünscht

Murphy

Es weihnachtet sehr! Miss Cornfield backt mit ihrer Klasse Plätzchen, während draußen der Schnee fällt. Es schneit und schneit und schneit. Und plötzlich ist die Wintersteinschule komplett eingeschneit! Doch damit nicht genug: In der ganzen Stadt fallen Strom und Telefon aus! Schnell ist klar: Lehrerin, Schüler und die magischen Tiere stecken fest. Was tun? Während Leander und Henrietta sich eng an ihre Kinder kuscheln, kann es Pinguin Juri kaum erwarten, sich in den Schnee zu stürzen. Und am anderen Ende der Stadt bricht Mr. Morrison mit Eisbär Murphy auf zu einer gefährlichen Mission …

Lies auch das nächste Abenteuer
aus der Schule der magischen Tiere –
das große Winterabenteuer:

Die Schule der magischen Tiere

Eingeschneit!

In der Schule der magischen Tiere ist
wirklich immer was los!
Aber was passiert eigentlich, wenn die Türen der
Wintersteinschule geschlossen sind?
Was passiert, wenn es für Miss Cornfields Schüler heißt:
Endlich Ferien!
In den Ferien-Abenteuern kommen Ida und Rabbat
geheimnisvollen Hoteldiebstählen auf die Spur, Silas und Rick
kämpfen um den Waldmeisterpokal, Henry und Leander
gehen auf Geisterjagd im Gruselschloss –
und Helene? Sie reist nach Paris, in Karajans Heimat.
Dort will sie als Model durchstarten.
Doch dann kommt alles anders.

Viel Spaß mit dem vierten Ferien-Abenteuer:

Die Schule der magischen Tiere – Endlich Ferien

Helene und Karajan

Leseprobe aus

Die Schule der magischen Tiere – Endlich Ferien

Helene und Karajan

Als Helene und ihre Mutter endlich zu Hause in der Ziegeleistraße ankamen, lag im Flur ein Brief. Er war an Helene May gerichtet. Der Absender lautete: *Fashion Company, Berlin*.

Helene riss den Umschlag auf. Ihre Augen wurden kugelrund. „Herzlichen Glückwunsch, Helene!“, stand da. „Du hast beim großen Model Casting gewonnen. Wir freuen uns darauf, dich bei der Modewoche in Paris zu sehen!“

„Mama!“, kreischte Helene und ließ den Prinzessinnenrucksack fallen, den sie diesmal selbst tragen musste. Die Arme ihrer Mutter waren voller Einkaufstüten.

Helene las weiter. Und konnte es nicht glauben. Die Modewoche startete – MORGEN!

„Mama!", rief Helene noch einmal.

„Was ist los, meine Hübsche?" Endlich stellte Melinda May ihre Einkäufe ab. „Wer schreibt dir denn?" Sie guckte über Helenes Schulter und kreischte ebenfalls laut auf. „Oh mein Gott! Das ist fantastisch! Es hat geklappt!"

Sie umarmte Helene, so fest sie konnte. „Wir haben gewonnen!"

„Wir?", fragte Helene verblüfft. „Ich hab doch nirgends mitgemacht!"

Sie ließ sich auf das Sofa plumpsen, unter dem Karajan kauerte.

Während Frau May ihre Einkäufe auspackte, berichtete sie, dass sie Fotos an eine Agentur geschickt hatte. Fotos von Helene! Von vorn, von hinten, im Kleid und im Schlafanzug.

„Im Schlafanzug?" Helene quiekte auf. „Mama, bist du verrückt?"

„Keine Sorge! Du sahst toll aus!" Melinda May entrollte ihre neuen Strumpfhosen und hielt sie prüfend gegens Licht. „Passt die Farbe? Oder soll ich sie wieder umtauschen?"

Karajan kroch unter dem Sofa hervor und kletterte auf Helenes Schoß. Frau May hatte eh nur Augen für ihre Strumpfhosen!

„Die Agenturen mögen das!", fuhr Helenes Mutter fort. „Ein blondes Mädchen mit ungekämmten Haaren!" Sie stopfte die Strümpfe in die Verpackung zurück. „Die Agentur hat die Fotos an die *Fashion Company* geschickt. Mit Erfolg!" Sie

strahlte Helene an, die immer noch nicht wusste, was das alles zu bedeuten hatte.
„Fahren wir jetzt in den Schwarzwald oder nach Paris?", fragte sie vorsichtig. „Machen wir Wellness oder eine Städtetour?"
Die Mutter setzte sich neben ihre Tochter aufs Sofa und legte ihr den Arm um die Schulter.
„ICH fahre in den Schwarzwald. DU, meine Süße, fliegst nach Paris! Du wirst Model!"
Helene schnappte nach Luft und Karajan, der in ihrem Schoß lag, begann zu zittern.
MODEL! Hatte Frau May eben gesagt, dass Helene Model werden würde?
Das war Helenes Traumberuf, seit sie laufen konnte!
Helenes Mutter zog die nächste Strumpfhose aus der Packung. „Was sagst du dazu?" Die Strümpfe baumelten vor Helenes Nase. „Eigentlich wollte ich Flieder, aber das hier ist Lila. Ich muss noch mal zurück zu *Miami Beach*. Kommst du mit?"
Helene schüttelte den Kopf.
Während die Mutter nach dem Autoschlüssel suchte, packte Helene ihren Kater und verschwand in ihrem Zimmer.
Diese Hammernachricht musste sie erst einmal verdauen!

Margit Auer

Als Kind wollte Margit Auer Postbotin werden und mit einem gelben Fahrrad Briefe verteilen – aber dann kam alles ganz anders. Sie wurde Journalistin und schrieb viele Artikel für Zeitungen. Als ihre drei Söhne zur Welt kamen, las sie jede Menge Kinderbücher und beschloss, selbst welche zu schreiben. Trotzdem findet sie es immer noch toll, wenn jemand Post verteilt. In ihrer Bestseller-Reihe „Die Schule der magischen Tiere" macht das Mr. Morrison. Welches Tier würde sie selbst sich wünschen? Einen Esel!

Nina Dulleck

Die Illustratorin Nina Dulleck zeichnet und malt, seit sie Stift und Pinsel halten kann. Sie lebt mit ihrer Familie am Rhein inmitten von Weinbergen und Kirschbaumplantagen. Dort illustriert sie viele, viele Kinderbücher und lässt sich dabei von dem Rotkehlchen in ihrem Garten schöne Lieder vorsingen. Fast könnte man meinen, es wäre magisch.

MAGISCHE TIERFREUNDE

Band 1:
DIE SCHULE DER MAGISCHEN TIERE
ISBN 978-3-551-65271-3

Band 2:
VOLLER LÖCHER!
ISBN 978-3-551-65272-0

Band 3:
LICHT AUS!
ISBN 978-3-551-65273-7

Band 4:
ABGEFAHREN!
ISBN 978-3-551-65274-4

Band 5:
TOP ODER FLOP!
ISBN 978-3-551-65275-1

Band 6:
NASS UND NASSER
ISBN 978-3-551-65276-8

Band 7:
WO IST MR. M?
ISBN 978-3-551-65277-5

Band 8:
VOLL VERKNALLT!
ISBN 978-3-551-65278-2

Band 9:
VERSTEINERT!
ISBN 978-3-551-65279-9

Band 10:
HIN UND WEG!
ISBN 978-3-551-65280-5

Band 11:
WILDER, WILDER WALD!
ISBN 978-3-551-65361-1

Band 12:
VOLL DAS CHAOS!
ISBN 978-3-551-65362-8

DIE MAGISCHEN TIERE HABEN ENDLICH FERIEN

Band 1:
RABBAT UND IDA
ISBN 978-3-551-65331-4

Band 2:
SILAS UND RICK
ISBN 978-3-551-65332-1

Band 3:
HENRY UND LEANDER
ISBN 978-3-551-65333-8

Band 4:
HELENE UND KARAJAN
ISBN 978-3-551-65334-5

Band 5:
BENNI UND HENRIETTA
ISBN 978-3-551-65335-2

Band 6:
HATICE UND METTE-MAJA
ISBN 978-3-551-65336-9

WWW.CARLSEN.DE

CARLSEN

WER SIND DEINE MAGISCHEN FREUNDE?

Margit Auer
DIE SCHULE DER MAGISCHEN TIERE: MEINE FREUNDE (FREUNDEBUCH)
Mit Bildern von Nina Dulleck
Hardcover
128 Seiten
ISBN 978-3-551-65033-7

IN DER SCHULE DER MAGISCHEN TIERE FINDET JEDES KIND einen besten Freund! Wer sind deine Freunde? Hier erfährst du alles, was du schon immer über sie wissen wolltest! Welches magische Tier sie gern hätten, welche Filme sie mögen und was sie später mal werden wollen ... Auch Ida und Rabbat, Benni und Henrietta, Jo, Helene und ihre magischen Tiere haben schon eingetragen! Viele magische Nachrichten warten auf dich!

Die Abenteuer der „Schule der magischen Tiere“
gibt es überall im Buchhandel sowie auf carlsen.de

→ Hol dir jetzt den Newsletter!

www.carlsen.de/newsletter-magischetiere

Kennst du schon unsere Internetseite rund um die Schule der magischen Tiere?
carlsen.de/kinderbuecher/schuledermagischentiere

Willst du dein eigenes magisches Tier zeichnen?
Nina Dulleck zeigt dir in ihrem Youtube-Kanal, wie es geht!

Mit Fragen zur Produktsicherheit wenden Sie sich bitte an:
carlsen.de/kontakt

Umschlag und Innenillustrationen: Nina Dulleck
Umschlaggrafik: Sabine Reddig
Lektorat: Claudia Scharf
Produktionsmanagement: Constanze Hinz
Lithografie: Dittes Media, Hamburg
Satz: Dörlemann Satz, Lemförde
978-3-551-65280-5

WER WIRD
EINMALIGE CHANCE
TOOOR-schützen KÖNIG?
GROßES · Fußballcasting
UNBEDINGT MITMACHEN